Ni d'Ève ni d'Adam

Amélie Nothomb

Ni d'Ève ni d'Adam

ROMAN

ÉDITIONS FRANCE LOISIRS

Édition du Club France Loisirs,
avec l'autorisation des Éditions Albin Michel

Éditions France Loisirs,
123, boulevard de Grenelle, Paris.
www.franceloisirs.com

© Éditions Albin Michel, 2007
ISBN: 978-2-298-00987-3

LE moyen le plus efficace d'apprendre le japonais me parut d'enseigner le français. Au supermarché, je laissai une petite annonce : « Cours particuliers de français, prix intéressant ».

Le téléphone sonna le soir même. Rendez-vous fut pris pour le lendemain, dans un café d'Omote-Sando. Je ne compris rien à son nom, lui non plus au mien. En raccrochant, je me rendis compte que je ne savais pas à quoi je le reconnaîtrais, lui non plus. Et comme je n'avais pas eu la présence d'esprit de lui demander son numéro, cela n'allait pas s'arranger. « Il me rappellera peut-être pour ce motif », pensai-je.

Il ne me rappela pas. La voix m'avait semblé

jeune. Cela ne m'aiderait pas beaucoup. La jeunesse ne manquait pas à Tokyo, en 1989. À plus forte raison dans ce café d'Omote-Sando, le 26 janvier, vers quinze heures.

Je n'étais pas la seule étrangère, loin s'en fallait. Pourtant, il marcha vers moi sans hésiter.

– Vous êtes le professeur de français ?

– Comment le savez-vous ?

Il haussa les épaules. Très raide, il s'assit et se tut. Je compris que j'étais le professeur et que c'était à moi de m'occuper de lui. Je posai des questions et appris qu'il avait vingt ans, qu'il s'appelait Rinri et qu'il étudiait le français à l'université. Il apprit que j'avais vingt et un ans, que je m'appelais Amélie et que j'étudiais le japonais. Il ne comprit pas ma nationalité. J'avais l'habitude.

– À partir de maintenant, nous n'avons plus le droit de parler anglais, dis-je.

Je conversai en français afin de connaître son niveau : il se révéla consternant. Le plus grave était sa prononciation : si je n'avais pas su que Rinri me parlait français, j'aurais cru avoir

8

affaire à un très mauvais débutant en chinois. Son vocabulaire languissait, sa syntaxe reproduisait mal celle de l'anglais qui semblait pourtant son absurde référence. Or il était en troisième année d'étude du français, à l'université. J'eus la confirmation de la défaite absolue de l'enseignement des langues au Japon. À un tel degré, cela ne pouvait même plus s'appeler de l'insularité.

Le jeune homme devait se rendre compte de la situation car il ne tarda pas à s'excuser, puis à se taire. Je ne pus accepter cet échec et tentai de le faire parler à nouveau. En vain. Il gardait sa bouche close comme pour cacher de vilaines dents. Nous étions dans une impasse.

Alors, je me mis à lui parler japonais. Je ne l'avais plus pratiqué depuis l'âge de cinq ans et les six jours que je venais de passer au pays du Soleil-Levant, après seize années d'absence, n'avaient pas suffi, loin s'en fallait, à réactiver mes souvenirs enfantins de cette langue. Je lui sortis donc un galimatias puéril qui n'avait ni queue ni tête. Il était question d'agent de police, de chien et de cerisiers en fleur.

9

Le garçon m'écouta avec ahurissement et finit par éclater de rire. Il me demanda si c'était un enfant de cinq ans qui m'avait enseigné le japonais.

– Oui, répondis-je. Cette enfant, c'est moi.

Et je lui racontai mon parcours. Je le lui narrai lentement, en français ; grâce à une émotion particulière, je sentis qu'il me comprenait.

Je l'avais décomplexé.

En un français pire que mauvais, il me dit qu'il connaissait la région où j'étais née et où j'avais vécu mes cinq premières années : le Kansaï.

Lui était originaire de Tokyo, où son père dirigeait une importante école de joaillerie. Il s'arrêta, épuisé, et but son café d'un trait.

Ses explications semblaient lui avoir coûté autant que s'il avait dû franchir un fleuve en crue par un gué dont les pierres auraient été écartées de cinq mètres les unes des autres. Je m'amusai à le regarder souffler après cet exploit.

Il faut reconnaître que le français est vicieux. Je n'aurais pas voulu être à la place de mon élève. Apprendre à parler ma langue devait être aussi difficile que d'apprendre à écrire la sienne.

Je lui demandai ce qu'il aimait dans la vie. Il réfléchit très longtemps. J'aurais voulu savoir si sa réflexion était de nature existentielle ou linguistique. Après de telles recherches, sa réponse me plongea dans la perplexité :

– Jouer.

Impossible de déterminer si l'obstacle avait été lexical ou philosophique. J'insistai :

– Jouer à quoi ?

Il haussa les épaules.

– Jouer.

Son attitude relevait soit d'un détachement admirable, soit d'une paresse face à l'apprentissage de ma langue colossale.

Dans les deux cas, je trouvai que le garçon s'en était bien sorti et j'abondai dans son sens. Je déclarai qu'il avait raison, que la vie était un jeu : ceux qui croyaient que jouer se limitait à la futilité n'avaient rien compris, etc.

Il m'écoutait comme si je lui racontais des

11

bizarreries. L'avantage des discussions avec les étrangers est que l'on peut toujours attribuer l'expression plus ou moins consternée de l'autre à la différence culturelle.

Rinri me demanda à son tour ce que j'aimais dans la vie. En détachant bien les syllabes, je répondis que j'aimais le bruit de la pluie, me promener dans la montagne, lire, écrire, écouter de la musique. Il me coupa pour dire :

— Jouer.

Pourquoi répétait-il son propos ? Peut-être pour me consulter sur ce point. Je poursuivis :

— Oui, j'aime jouer, surtout aux cartes.

C'était lui qui semblait perdu, à présent. Sur la page vierge d'un carnet, je dessinai des cartes : as, deux, pique, carreau.

Il m'interrompit : oui, bien sûr, les cartes, il connaissait. Je me sentis extraordinairement stupide avec ma pédagogie à deux sous. Pour retomber sur mes pattes, je parlai de n'importe quoi : quels aliments mangeait-il ? Péremptoire, il répondit :

— Ourrrrhhhh.

12

Je croyais connaître la cuisine japonaise, mais cela, je n'avais jamais entendu. Je lui demandai de m'expliquer. Sobrement, il répéta :

– Ourrrrhhhh.

Oui, certes, mais qu'était-ce ?

Stupéfait, il me prit le carnet des mains et traça le contour d'un œuf. Je mis plusieurs secondes à recoller les morceaux dans ma tête et m'exclamai :

– Œuf !

Il ouvrit les yeux comme pour dire : Voilà !

– On prononce œuf, enchaînai-je, œuf.

– Ourrrrhhhh.

– Non, regardez ma bouche. Il faut l'ouvrir davantage : œuf.

Il ouvrit grand la bouche :

– Orrrrhhhh.

Je m'interrogeai : était-ce un progrès ? Oui, car cela constituait un changement. Il évoluait, sinon dans le bon sens, du moins vers autre chose.

– C'est mieux, dis-je, pleine d'optimisme.

Il sourit sans conviction, content de ma politesse. J'étais le professeur qu'il lui fallait. Il me demanda le prix de la leçon.

– Vous donnez ce que vous voulez.

Cette réponse dissimulait mon ignorance absolue des tarifs en vigueur, même par approximation. Sans le savoir, j'avais dû parler comme une vraie Japonaise, car Rinri sortit de sa poche une jolie enveloppe en papier de riz dans laquelle, à l'avance, il avait glissé de l'argent.

Gênée, je refusai :

– Pas cette fois-ci. Ce n'était pas un cours digne de ce nom. À peine une présentation.

Le jeune homme posa l'enveloppe devant moi, alla payer nos cafés, revint pour me fixer rendez-vous le lundi suivant, n'eut pas un regard pour l'argent que je tentais de lui rendre, salua et partit.

Toute honte bue, j'ouvris l'enveloppe et comptai six mille yens. Ce qui est fabuleux quand on est payé dans une monnaie faible, c'est que les montants sont toujours extraordinaires. Je repensai à « ourrrrhhhh » devenu

« orrrrhhhh » et trouvai que je n'avais pas mérité six mille yens.

Je comparai mentalement la richesse du Japon avec celle de la Belgique et conclus que cette transaction était une goutte d'eau dans l'océan d'une telle disproportion. Avec mes six mille yens, au supermarché, je pouvais acheter six pommes jaunes. Adam devait bien cela à Ève. La conscience apaisée, j'allai arpenter Omote-Sando.

30 janvier 1989. Mon dixième jour au Japon en tant qu'adulte. Depuis ce que j'appelais mon retour, chaque matin, en ouvrant les rideaux, je découvrais un ciel d'un bleu parfait. Quand, pendant des années, on a ouvert des rideaux belges sur des grisailles pesant des tonnes, comment ne pas s'exalter de l'hiver tokyoïte ?

Je rejoignis mon élève au café d'Omote-Sando. La leçon se concentra sur le temps qu'il faisait. Bonne idée, car le climat, sujet idéal pour ceux qui n'ont rien à se dire, est au Japon la conversation principale et obligatoire.

Rencontrer quelqu'un et ne pas lui parler de la météo équivaut à un manque de savoir-vivre.

Rinri me sembla avoir progressé depuis la

dernière fois. Ce ne pouvait s'expliquer par mes seuls enseignements : il devait avoir travaillé de son côté. Sans doute la perspective de dialoguer avec une francophone l'avait-il motivé.

Il me racontait les rigueurs de l'été quand je le vis lever les yeux vers un garçon qui venait d'entrer. Ils échangèrent un signe.

– Qui est-ce ? demandai-je.

– Hara, un ami qui étudie avec moi.

Le jeune homme s'approcha pour saluer. Rinri fit les présentations en anglais. Je m'insurgeai :

– En français, s'il vous plaît. Votre ami aussi étudie cette langue.

Mon élève se reprit, pataugea un peu à cause du brusque changement de registre, puis articula comme il put :

– Hara, je te présente Amélie, ma maîtresse.

J'eus beaucoup de mal à cacher mon hilarité qui eût découragé d'aussi louables efforts. Je n'allais pas rectifier devant son ami : c'eût été lui faire perdre la face.

17

C'était le jour des coïncidences : je vis entrer Christine, sympathique jeune Belge qui travaillait à l'ambassade et m'avait aidée à remplir de la paperasse.

Je la hélai.

Il me sembla que c'était mon tour de faire les présentations. Mais Rinri, sur sa lancée, voulant sans doute répéter l'exercice, dit à Christine :

– Je vous présente Hara mon ami, et Amélie ma maîtresse.

La jeune femme me regarda brièvement. Je simulai l'indifférence et présentai Christine aux jeunes gens. À cause de ce malentendu, et de peur de paraître une dominatrice en amour, je n'osai plus donner de consigne à mon élève. Je me fixai comme unique objectif possible de maintenir le français comme langue d'échange.

– Vous êtes toutes les deux Belgique ? demanda Hara.

– Oui, sourit Christine. Vous parlez très bien français.

– Grâce à Amélie qui est ma…

À cet instant je coupai Rinri pour dire :

– Hara et Rinri étudient le français à l'université.

– Oui, mais rien de tel que les cours particuliers pour apprendre, n'est-ce pas ?

L'attitude de Christine me crispait, sans que je sois assez intime avec elle pour lui expliquer la vérité.

– Où avez-vous rencontré Amélie ? demanda-t-elle à Rinri.

– Au supermarché Azabu.

– C'est drôle !

On avait échappé au pire : il eût pu répondre que c'était par une petite annonce.

La serveuse vint prendre les commandes des nouveaux arrivants. Christine regarda sa montre et dit que son rendez-vous d'affaires allait arriver. Au moment de partir, elle s'adressa à moi en néerlandais :

– Il est beau, je suis contente pour toi.

Quand elle eut filé, Hara me demanda si elle avait parlé Belgique. J'acquiesçai afin d'éviter une longue explication.

– Vous parlez très bien français, dit Rinri avec admiration.

« Encore un malentendu », pensai-je avec accablement.

Je n'avais plus d'énergie et priai Hara et Rinri de dialoguer en français, me contentant de rectifier les fautes les plus incompréhensibles. Ce qu'ils avaient à se dire m'étonna :

– Si tu viens chez moi samedi, apporte la sauce d'Hiroshima.

– Est-ce que Yasu jouera avec nous ?

– Non, il joue chez Minami.

J'aurais aimé savoir à quoi ils jouaient. Je posai la question à Hara dont la réponse ne m'éclaira pas davantage que celle de mon élève lors de la leçon précédente.

– Samedi, vous aussi, venez jouer chez moi, dit Hara.

J'étais certaine qu'il m'invitait par politesse. J'avais néanmoins très envie d'accepter. De peur que ma venue dérange mon élève, je tâtai le terrain :

– Je ne connais pas Tokyo, je vais me perdre.

– Je viendrai vous chercher, proposa Rinri.

Rassurée, je remerciai Hara avec enthousiasme. Quand Rinri me tendit l'enveloppe qui
contenait mon salaire, je fus encore plus gênée
que la fois précédente. Je calmai ma conscience
en décidant de consacrer cet argent à l'achat
d'un cadeau pour mon hôte.

SAMEDI après-midi, je vis arriver devant mon logis une somptueuse Mercedes blanche, si propre qu'elle étincelait au soleil. Tandis que j'approchais, la portière s'ouvrit automatiquement. Le conducteur était mon élève.

Comme il circulait à travers Tokyo, je me demandai si le métier de son père ne dissimulait pas son appartenance à la Yakusa dont c'était le véhicule type. Je gardai mes interrogations pour moi. Rinri conduisait sans parler, concentré sur le trafic intense.

En coin, je regardai son profil, me rappelant les propos néerlandais de Christine. Je n'aurais jamais songé à le trouver beau si ma compatriote ne me l'avait pas déclaré. D'ailleurs, je n'étais pas persuadée qu'il le fût. Mais la raideur de sa nuque rasée de près et l'absolue immobilité de ses traits ne manquaient pas d'une distinction impressionnante.

C'était la troisième fois que je le voyais. Il portait toujours les mêmes vêtements : jean bleu, un tee-shirt blanc et un blouson de daim noir. Aux pieds, des baskets de cosmonaute. Sa minceur m'épatait.

Une voiture lui fit une scandaleuse queue de poisson. Non content de son infraction, le chauffeur descendit et abreuva Rinri de hurlements insultants. Mon élève, très calme, s'excusa profondément. Le rustre repartit.

– Mais il avait tort ! m'écriai-je.

– Oui, dit Rinri avec flegme.

– Pourquoi vous êtes-vous excusé ?

– Je ne connais pas le mot français.

– Dites-le en japonais.

– *Kankokujin.*

Coréen. J'avais compris. Je souris intérieurement du fatalisme poli de mon élève.

Hara habitait un appartement microsco-
pique. Son ami lui tendit un énorme carton
de sauce d'Hiroshima. Je me sentis idiote avec
mon pack de bière belge qui fut pourtant salué
avec une curiosité sincère.

Il y avait là un certain Masa qui coupait
du chou en lamelles et une jeune Américaine
appelée Amy. Sa présence nous força à parler
anglais, ce qui me la rendit odieuse. Elle me
déplut encore davantage quand je devinai
qu'on l'avait invitée dans l'espoir de me mettre
à l'aise. Comme si j'allais souffrir d'être la seule
Occidentale.

Amy crut opportun de nous expliquer combien elle souffrait de son exil. Ce qui lui manquait le plus ? Le *peanut butter,* dit-elle sans
rire. Chacune de ses phrases commençait par
« *In Portland…* ». Les trois garçons l'écoutaient
poliment alors qu'à l'évidence, ils ignoraient
sur quelle côte américaine se situait ce bled
et s'en fichaient. Quant à moi, je haïssais l'anti-
américanisme primaire puis songeai que
m'interdire de détester cette fille pour ce motif
constituerait une forme immonde d'antiamé-

ricanisme primaire : je me laissai donc aller à une exécration naturelle.

Rinri pelait du gingembre, Hara épluchait des crevettes, Masa avait fini d'atomiser le chou. J'additionnai dans ma tête ces données avec la sauce d'Hiroshima et m'écriai, coupant Amy au milieu d'une phrase sur Portland :

– Nous allons manger de l'*okonomiyaki* !

– Vous connaissez ? s'étonna mon hôte.

– C'était mon plat préféré quand je vivais dans le Kansaï !

– Vous avez vécu dans le Kansaï ? demanda Hara.

Rinri ne lui avait rien dit. Avait-il même compris un mot de ce que je lui avais raconté lors de la première leçon ? Je bénis soudain la présence d'Amy qui nous obligeait à parler anglais et expliquai mon passé japonais avec des trémolos dans la voix.

– Avez-vous la nationalité nippone ? interrogea Masa.

– Non. Il ne suffit pas de naître ici. Aucune nationalité n'est aussi difficile à acquérir.

— Vous pouvez devenir américaine, remarqua Amy.

Afin de ne pas commettre d'impair, je changeai vite de conversation :

— Je voudrais aider. Où sont les œufs ?

— Je vous en prie, vous êtes mon invitée, dit Hara, asseyez-vous et jouez.

Je regardai autour de moi à la recherche d'un jeu, en vain. Amy vit mon désarroi et éclata de rire.

— *Asobu*, dit-elle.

— Oui, *asobu*, *to play*, je sais, répondis-je.

— Non, vous ne savez pas. Le verbe *asobu* n'a pas le même sens que le verbe *to play*. En japonais, dès qu'on ne travaille pas, cela s'appelle *asobu*.

C'était donc ça. J'enrageai que ce fût une ressortissante de Portland qui me l'apprenne et, aussitôt, me lançai dans la pédanterie afin de la remettre à sa place :

— *I see*. Cela correspond donc à la notion d'*otium* en latin.

— Latin ? reprit Amy, terrorisée.

Enchantée de sa réaction, je comparai *otium*

avec le grec ancien, ne lui épargnant aucune étymologie indo-européenne. Elle allait voir ce qu'était une philologue, la native de Portland.

Quand je lui eus bien fait rendre gorge, je me tus et commençai à jouer façon Soleil-Levant. Je contemplai la préparation de la pâte à crêpes, puis la cuisson des *okonomiyaki*. Cette odeur de chou, de crevettes et de gingembre grésillant ensemble me reporta seize années en arrière, à l'époque où ma douce gouvernante Nishio-san me concoctait le même régal, que je n'avais plus jamais remangé depuis.

L'appartement de Hara était si petit qu'aucun détail ne pouvait m'échapper. Rinri ouvrit la brique de sauce d'Hiroshima en suivant les pointillés et la posa au centre de la table basse. « *What's that ?* » gémit Amy. Je saisis le carton et respirai avec nostalgie ce parfum de prune amère, de vinaigre, de saké et de soja. J'avais l'air de me droguer au tétrapack.

Quand je reçus mon assiette de crêpe farcie, je perdis mon vernis de civilisation, arrosai de sauce sans attendre personne et attaquai.

Aucun restaurant japonais au monde ne propose cette cuisine populaire si atrocement émouvante, à la fois si simple et si subtile, si bon enfant et si sophistiquée. J'avais cinq ans, je n'avais jamais quitté les jupes de Nishio-san et je hurlais, le cœur déchiré et les papilles en transe. Je ratiboisai mon *okonomiyaki*, les yeux dans le vague, en poussant des râles de volupté.

Ce fut quand j'eus tout mangé que je vis les autres me regarder avec une gêne polie.

– À chaque pays ses manières de table, balbutiai-je. Vous venez de découvrir les Belges.

– *Oh my God !* s'exclama Amy.

Elle pouvait parler, celle-là. Quoi qu'elle mastiquât, elle avait l'air de mâcher du chewing-gum.

Mon hôte eut une réaction qui me plut bien davantage : il se hâta de me préparer une nouvelle crêpe.

Nous bûmes de la bière Kirin. J'avais apporté de la Chimay qui se fût bizarrement accommodée avec la sauce d'Hiroshima. Les cervoises asiatiques sont d'idéales bières de table.

Je ne sais pas de quoi parlèrent les convives. Ce que je mangeais m'accaparait trop. Je vivais

Cela = causalité
- règle
Tv : non-causalité
- liberté
- volonté
- réel p.??
- exemple Tu u en out plus long que l...

Colère

seul but de l'homme

echerche

AVEC L'INTERVENANT

ontre avec l'intervenant

P.P.P. {
l'individu → Je - P.P Elle
 - isolé

La personne → Je - Elle a Tu
 - en relation
 - subjectif
}

On veut maintenir le Je - Tu

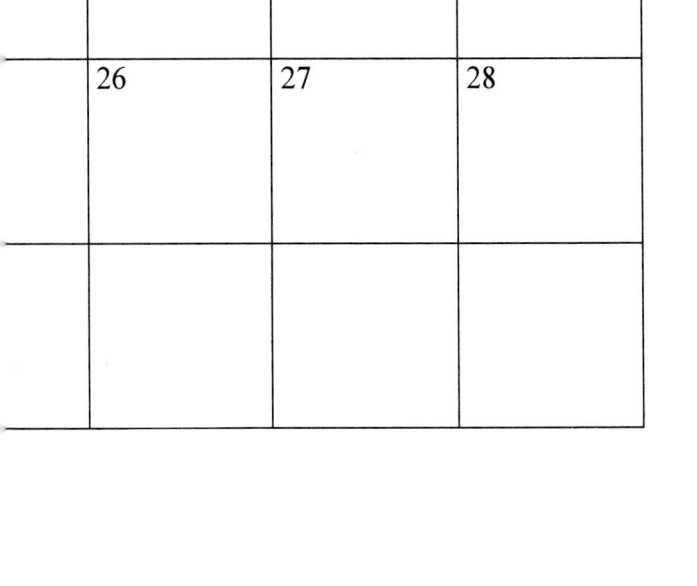

alchimie

fonction transcendante p. 98

formation du moi permanent
p. 128

dynamisation des rentres p. 132

L'idée de la regard
actuel p. 15-116

echerche
VEC L'INTERVENANT
:illies lors de la rencontre

une aventure de la mémoire d'une profondeur si bouleversante qu'il ne fallait pas espérer la partager.

Au travers d'un brouillard émotionnel, je me rappelle qu'ensuite Amy proposa un *Pictionary* et que nous jouâmes donc en l'acception occidentale du verbe. Elle ne tarda pas à regretter son idée : les Japonais sont beaucoup trop forts quand il s'agit de dessiner un concept. La partie se déroulait entre les trois Nippons, tandis que je digérais en extase et que l'Américaine perdait en criant de colère. Elle bénit ma présence car je jouais encore plus mal qu'elle. Chaque fois que c'était mon tour, je traçais sur le papier quelque chose qui ressemblait à des frites.

– *Come on !* gueulait-elle, alors que les trois garçons cachaient de moins en moins leur hilarité.

Ce fut une excellente soirée, au terme de laquelle Rinri me reconduisit.

LA leçon suivante, je m'aperçus que son comportement avait changé : il s'adressait à moi davantage comme à une amie que comme à un professeur. J'en fus heureuse, d'autant que cela favorisait ses progrès : il avait moins peur de parler. En revanche, cela rendit beaucoup plus gênante, pour moi, la remise de l'enveloppe.

Au moment de la séparation, Rinri me demanda pourquoi je lui fixais toujours rendez-vous dans ce café d'Omote-Sando.

– Je suis à Tokyo depuis à peine plus de deux semaines, je ne connais pas d'autre café. Si vous avez de bonnes adresses, n'hésitez pas à les proposer.

Il répondit qu'il viendrait me chercher en voiture.

Entre-temps, le programme de japonais du business avait commencé pour moi et je me retrouvais en cours avec des Singapouriens, des Allemands, des Canadiens et des Coréens qui croyaient qu'apprendre cette langue était la clef du succès. Il y eut même un Italien, mais il ne tarda pas à jeter l'éponge, incapable qu'il était d'omettre l'accent tonique.

En comparaison, le défaut de prononciation des Allemands, qui s'obstinaient à dire *v* à la place de *w*, paraissait négligeable. J'étais, comme toujours dans ma vie, l'unique Belge.

Le week-end, pour la première fois je parvins à quitter Tokyo. Un train me conduisit jusqu'à la petite ville de Kamakura, à une heure de la capitale. La redécouverte d'un Japon ancien et silencieux me mit les larmes aux yeux. Sous ce ciel si bleu, les toits lourds de tuiles en accolade et l'air immobilisé par le gel me disaient qu'ils m'avaient attendue, que je leur avais manqué, que l'ordre du monde se trouvait restauré par

31

mon retour et que mon règne durerait dix mille ans.

J'ai toujours eu le lyrisme mégalomane.

Lundi après-midi, la Mercedes trop blanche m'ouvrit sa portière.

– Où allons-nous ?

– Chez moi, dit Rinri.

Je n'eus rien à répondre. Chez lui ? Il était fou. Il eût pu me prévenir. Quelles étranges manières de la part d'un Nippon si bien élevé !

Peut-être mon pressentiment au sujet de son appartenance à la Yakusa se justifiait-il. Je scrutai ses poignets : un tatouage dépassait-il des manches de son blouson ? Cette nuque si parfaitement rasée, quelle allégeance signifiait-elle ?

Après un long trajet, nous arrivâmes dans le luxueux quartier de Den-en-Chofu, où siégeaient les fortunes de Tokyo. Un garage releva son huis en reconnaissant la voiture. La maison représentait l'idée que les années soixante nippones avaient eue du comble de la modernité. Un jardin d'une largeur de deux mètres l'entourait, douve verte qui sertissait ce château carré en béton.

Les parents m'accueillirent en m'appelant Sensei, ce qui me donna une terrible envie de rire. Monsieur avait l'air d'une œuvre d'art contemporain, beau et incompréhensible, couvert de bijoux en platine. Madame, beaucoup plus ordinaire, portait un tailleur chic et respectable. On me servit du thé vert et on s'effaça très vite, afin de ne pas nuire à la qualité de mon enseignement.

Comment me montrer à la hauteur d'une telle situation ? Je ne me voyais pas lui faire répéter « œuf » dans cette base intersidérale. Pourquoi m'avait-il emmenée dans ces lieux ? Se rendait-il compte de l'effet qu'ils produisaient sur moi ? Visiblement, non.

– Avez-vous toujours habité dans cette maison ? demandai-je.

– Oui.

– C'est magnifique.

– Non.

33

Il n'avait pas le droit de répondre autre chose. Cependant, ce n'était pas complètement faux. Malgré tout, la demeure restait simple. Dans n'importe quel autre pays, une famille aussi riche eût occupé un palais. Mais comparé au niveau de vie tokyoïte, par exemple à l'appartement de son ami Hara, une telle villa étourdissait par ses volumes, sa prestance et son calme.

Je poursuivis la leçon comme je pus, m'efforçant de ne plus parler de cette demeure ni de ses parents. Une sensation de malaise ne me lâchait pourtant pas. J'avais l'impression d'être épiée. Cela ne pouvait relever que de la paranoïa. Monsieur et Madame avaient bien trop de classe pour se livrer à de tels passe-temps.

Peu à peu, j'eus le sentiment que Rinri partageait ce soupçon. Il regardait autour de lui avec méfiance. Un fantôme hantait-il ce château de béton ? Il m'interrompit d'un geste et, sur la pointe des pieds, se dirigea vers la cage d'escalier.

Il poussa un cri et je vis jaillir, tels deux

diables d'une boîte, un vieux et une vieille qui hurlèrent de rire et redoublèrent d'hilarité à ma vue.

– Sensei, je vous présente ma grand-mère et mon grand-père.

– Sensei ! Sensei ! glapirent les vieillards qui semblaient penser que j'avais autant l'air d'un professeur que d'un trombone à coulisse.

– Madame, Monsieur, bonjour…

Le moindre de mes mots, de mes gestes les faisait rigoler jusqu'à la démence. Ils grimaçaient, tapaient sur le dos de leur petit-fils, puis sur le mien, buvaient le thé dans ma tasse. La vieille toucha mon front, cria : « Que c'est blanc ! » et s'écroula de rire, imitée par son mari.

Rinri les regardait en souriant, sans se départir de son flegme. Je songeai qu'ils devaient souffrir de sénilité et que ces gens étaient admirables de garder chez eux ces débris mabouls. Après un intermède d'une dizaine de minutes, mon élève s'inclina devant ses aïeux et les pria de bien vouloir remonter dans leurs appartements se reposer, car ils devaient être fatigués par un tel exercice.

Les horribles vieillards finirent par obtempérer, non sans s'être copieusement fichus de ma gueule.

Je ne comprenais pas tout ce qu'ils disaient, mais le sens ne m'échappait pas. Quand ils eurent disparu, je regardai le jeune homme avec des points d'interrogation dans les yeux. Mais il ne dit rien.

– Vos grands-parents sont... particuliers, remarquai-je.

– Ils sont vieux, répondit sobrement le garçon.

– Il leur est arrivé quelque chose ? insistai-je.

– Ils ont vieilli.

On n'en sortirait pas. Changer de sujet fut un tour de force. J'avisai une chaîne Bang & Olufsen et demandai quelle musique il écoutait. Il me parla de Ryuichi Sakamoto. De fil en aiguille, nous parvînmes au terme d'une leçon qui m'éprouva comme aucune. Quand je reçus l'enveloppe, je pensai que je ne l'avais pas volée. Il me reconduisit sans dire un mot.

Je me renseignai et j'appris qu'au Japon, de tels phénomènes étaient courants. Dans ce pays où les gens doivent se tenir bien toute leur vie, il arrive souvent qu'ils craquent au seuil de la vieillesse et se permettent les comportements les plus insensés, ce qui n'empêche pas leurs familles de les prendre en charge, conformément à la tradition.

Je trouvai cela héroïque. Mais la nuit, je fus assaillie de cauchemars dans lesquels les aïeux de Rinri me tiraient les cheveux et me pinçaient les joues en croassant de rire.

QUAND la Mercedes immaculée m'offrit à nouveau son hospitalité, j'hésitai à monter.

– Nous allons chez vous ?

– Oui.

– Vous ne craignez pas de déranger vos parents et surtout vos grands-parents ?

– Non. Ils sont en voyage.

Je m'installai à côté de lui.

Il conduisit sans parler. J'aimais que l'on pût à ce point se passer de bavardage, sans donner naissance à la moindre gêne. Cela me permettait de mieux observer la ville et parfois le profil incroyablement immobile de mon élève.

Chez lui, il me prépara un thé vert mais lui

prit un Coca, détail qui m'amusa car il ne me demanda même pas mon avis. Il allait de soi qu'une étrangère se réjouirait de ce raffinement japonais alors que lui, il en avait soupé, des nipponeries.

— Où votre famille est-elle partie en voyage ?
— À Nagoya. C'est la ville de mes grands-parents.
— Vous y allez parfois ?
— Non, c'est un endroit ennuyeux.
J'appréciais ses réponses sans détour. J'appris qu'il s'agissait des parents de Madame. Ses grands-parents paternels n'étaient plus, nouvelle qui me soulagea : il n'y avait donc que deux monstres dans cette sphère.

Par curiosité, j'osai lui demander de visiter la maison. Il ne s'en offusqua pas et me guida au travers d'un dédale de pièces et d'escaliers. La cuisine et les salles de bains valaient leur pesant d'informatique. Les chambres étaient assez simples, surtout la sienne : un lit rudimentaire bordé d'une bibliothèque.

Je regardai les titres : les œuvres complètes de Kaiko Takeshi, son écrivain préféré, et aussi Stendhal et Sartre. Je savais que ce dernier était adoré des Japonais qui le trouvaient follement exotique : avoir la nausée face à un galet poli par la mer constituait à ce point le contraire d'une attitude nippone que cet auteur provoquait la fascination que suscite l'étrange.

La présence de Stendhal me ravit et m'étonna davantage. Je lui dis que c'était l'un de mes dieux. Il fondit. Je le vis sourire comme jamais.

— C'est délicieux, dit-il.

Il avait raison.

— Vous êtes un bon lecteur.

— Je crois que j'ai passé ma vie sur ce lit, à lire.

Je regardai avec émotion ce futon, imaginant mon élève qui y avait traversé les années, un livre à la main.

— Vous avez beaucoup progressé en français, observai-je.

Il me désigna de sa main ouverte, en guise d'explication.

– Non, je ne suis pas un tel professeur. C'est grâce à vous.

Il haussa les épaules.

Au retour, il avisa sur un musée une affiche illisible pour moi.

– Voulez-vous visiter cette exposition ? me demanda-t-il.

Avais-je envie de voir une exposition dont j'ignorais tout ? Oui.

– Je viendrai vous chercher demain après-midi, dit-il.

J'aimais l'idée de ne pas savoir si j'allais voir de la peinture, de la sculpture ou une rétrospective de divers bidules. Il faudrait toujours se rendre dans les expositions ainsi, par hasard, en toute ignorance. Quelqu'un veut nous montrer quelque chose : cela seul compte.

Le lendemain soir, je ne compris pas davantage le thème de l'exposition. Il y avait des tableaux probablement modernes, mais je n'en étais pas sûre ; des bas-reliefs dont j'aurais été incapable de dire un mot. Très vite, je sus que le spectacle était dans la salle. Ce qui me fascinait le plus, c'était ce public tokyoïte s'arrêtant respectueusement devant chaque œuvre et l'observant très longtemps avec sérieux.

Rinri faisait comme eux. Je finis par lui demander :

— Vous aimez ?

— Je ne sais pas.

— Cela vous intéresse ?

— Pas beaucoup.

J'éclatai de rire. Les gens me regardèrent avec gêne.

— Que serait-ce si cela vous intéressait ?

Il ne comprit pas ma question. Je n'insistai pas.

À la sortie du musée, quelqu'un distribuait des tracts. J'étais incapable de les déchiffrer, mais j'adorais le zèle avec lequel chaque personne acceptait le papier et le lisait. Rinri devait avoir oublié que je ne maîtrisais presque pas les idéogrammes car, après avoir lu son tract, il me demanda en le montrant si je désirais y aller. Rien n'est plus irrésistible qu'un *y* qui renvoie à quelque chose d'inconnu. J'acceptai avec enthousiasme.

– Je viendrai donc vous chercher après-demain soir, dit-il.

J'exultai à l'idée de ne pas savoir si nous allions à une manifestation contre le nucléaire, à un happening de vidéaste ou à un spectacle de buto. Le code vestimentaire étant impossible à déterminer, je m'habillai plus neutre que jamais. Je pariai que Rinri porterait sa tenue habituelle. De fait, il était déguisé en lui-même quand il m'emmena à ce qui se révéla un vernissage.

C'était un artiste japonais dont j'ai soigneusement oublié le nom. Ses tableaux me parurent d'un ennui défiant toute concurrence, ce qui n'empêchait pas les spectateurs de se comporter devant chaque œuvre avec ce respect admirable et cette patience sublime qui les caractérisent. Une telle soirée m'eût réconciliée avec l'espèce humaine si le peintre n'avait été douloureusement présent. J'eus peine à croire que cet homme d'environ cinquante-cinq ans appartenait au même peuple, tant il était odieux. De nombreuses personnes venaient le féliciter, voire lui acheter une ou plusieurs toiles qui coûtaient pourtant atrocement cher. Il toisait alors avec mépris ces êtres qu'il considérait sans doute comme un mal nécessaire. Je ne pus m'empêcher de venir lui parler.

— Pardonnez-moi, je ne parviens pas à comprendre votre peinture. Pourriez-vous m'expliquer ?

— Il n'y a rien à comprendre, rien à expliquer, répondit-il avec dégoût. Il y a à ressentir.

— Précisément, je ne ressens rien.

— Tant pis pour vous.

Je me le tins pour dit. Après coup, il me sembla que son discours était cohérent. De ce vernissage, je tirai un enseignement qui, comme de juste, ne m'a jamais servi : c'est que si un jour je devenais artiste, avec ou sans talent, j'exposerais au Japon. Le public nippon est le meilleur du monde et, en plus, il achète. Indépendamment même de l'argent, comme il doit être beau, pour un créateur, de voir son œuvre considérée avec une telle attention !

LA leçon suivante, Rinri me pria d'aborder la question du vouvoiement. Je m'étonnai que ce point résistât à un utilisateur de la langue témoignant de la politesse la plus compliquée.

— Oui, dit-il. Mais, par exemple, nous nous vouvoyons. Pourquoi ?

— Parce que je suis votre professeur.

Il accepta mon explication sans broncher. Je réfléchis et ajoutai :

— Si cela vous pose un problème, nous pouvons décider de nous tutoyer.

— Non, non, dit-il, très respectueux de ce qu'il semblait prendre pour un usage.

J'orientai la leçon vers des considérations plus ordinaires. À la fin, en me remettant l'enveloppe, il me demanda s'il pouvait venir me chercher le samedi après-midi.

– Pour aller où ? interrogeai-je.

– Jouer.

J'adorai la réponse et acceptai.

De mon côté aussi, je suivais des cours et progressais en japonais comme je le pouvais. Je ne tardai pas à me faire mal voir. Chaque fois qu'un détail m'intriguait, je levais la main. Les divers professeurs manquaient de peu d'avoir une crise cardiaque quand ils me voyaient brandir mes phalanges vers le ciel. Je croyais qu'ils se taisaient pour me laisser parler et posais hardiment ma question, à laquelle on répondait de façon étrangement insatisfaisante.

Cela dura jusqu'au jour où l'un des maîtres, avisant mon geste coutumier, se mit à me hurler dessus avec une violence formidable :

– Assez !

Je restai tétanisée, tandis que tous les étudiants me regardaient fixement.

Après le cours, j'allai m'excuser auprès du

professeur, surtout pour savoir quel était mon crime.

– On ne pose pas de questions au Sensei, me gronda le maître.

– Mais, et si je ne comprends pas ?

– On comprend !

Je sus alors pourquoi l'enseignement des langues boitait au Japon.

Il y eut aussi l'épisode où chacun dut présenter son pays. Quand vint mon tour, j'eus la nette impression d'avoir hérité d'un dossier difficile. Chacun avait parlé d'un pays connu. Je fus la seule à devoir préciser dans quel continent se situait ma nation. J'en vins à regretter la présence des étudiants allemands, sans lesquels j'eusse pu alléguer n'importe quoi, montrer la carte d'une île au large de l'Océanie, évoquer des coutumes barbares telles que poser des questions au professeur. Il fallut s'en tenir à un exposé classique, pendant lequel je vis les étudiants singapouriens se curer des dents en or avec un entrain qui me désola.

Le samedi après-midi, la Mercedes me parut encore plus blanche qu'à l'habitude.

J'appris que nous allions à Hakone. Comme je ne savais rien de cet endroit, je demandai un supplément d'information. Après avoir un peu pataugé, Rinri dit que je verrais. La route me sembla interminable, jalonnée de péages nombreux.

Nous finîmes par arriver à un lac immense entouré de collines et de *tori* pittoresques. On venait y faire des petites excursions en bateau ou en pédalo. Ce dernier détail me donna envie de rire. Hakone était la promenade du dimanche des Tokyoïtes lamartiniens.

Nous circulâmes sur les flots dans un genre de ferry. Je me délectai du spectacle des familles japonaises qui admiraient les lieux tout en torchant le petit dernier, des amoureux en costumes d'amoureux, main dans la main.

— Vous avez déjà emmené votre amoureuse ici ? demandai-je.

— Je n'ai pas d'amoureuse.

49

– Dans le passé, vous avez eu une amoureuse ?

– Oui. Je ne l'ai pas emmenée ici.

J'étais donc la première à avoir cet honneur. Ce devait être parce que j'étais étrangère.

Sur le bateau, un haut-parleur diffusait des chansons mièvres. Il y eut une escale près d'un *tori* : nous descendîmes et effectuâmes un parcours balisé et poétique. Les couples s'arrêtaient aux endroits prévus à cet effet et regardaient avec émotion la vue sur le lac au travers des *tori*. Les enfants piaillaient comme pour avertir les amoureux de l'avenir de tant de romantisme. Je m'amusais.

Après cette équipée navale, Rinri m'offrit un *kori* : j'adorais ces glaces pilées arrosées d'un sirop au thé de cérémonie. Je n'en avais plus mangé depuis l'enfance. Cela croquait sous la dent.

Pendant le trajet du retour, je me demandai pourquoi ce garçon m'avait emmenée à Hakone. Certes, j'étais enchantée de cette expédition typique, mais lui, pourquoi avait-il voulu me montrer cela ? Sans doute me posais-je trop de questions. Plus encore que les autres peuples de la terre, les Japonais faisaient les choses parce que cela se faisait. Et c'était très bien ainsi.

JE sentais que Rinri attendait une invitation chez moi. C'eût été la moindre des politesses : j'étais tant de fois allée chez lui.

Pourtant, je m'y refusais obstinément. Emmener qui que ce soit chez moi a toujours été une épreuve horrible. Par définition, pour des motifs dont l'explication me dépasse, chez moi n'est pas un lieu fréquentable.

Dès que j'ai atteint mon indépendance, un logement habité par moi a d'emblée ressemblé à un débarras squatté par des réfugiés politiques, prêts à déguerpir à la moindre descente de police.

Début mars, je reçus un coup de téléphone de Christine. Elle partait pour un mois en Belgique voir sa mère et me demandait comme un service de bien vouloir occuper son appartement en son absence, afin d'arroser les plantes vertes. J'acceptai et passai chez elle. Je n'en crus pas mes yeux : elle habitait la pointe avant-gardiste du logement tokyoïte, un appartement sublime dans un immeuble de l'avenir, avec vue sur d'autres buildings futuristes. Bouche bée, j'écoutai Christine m'expliquer le fonctionnement de cette merveille où tout était informatisé. Les plantes vertes semblaient des vestiges de la préhistoire dont l'unique but était de me servir de prétexte à habiter dans ce palace pendant un mois.

J'attendis avec impatience le départ de Christine et emménageai dans cette base interplanétaire. Pas de doute, on n'était pas chez moi. Dans chaque pièce, une télécommande permettait de programmer la musique, mais aussi la température et ce qui se passait à côté. Couchée sur le lit, je pouvais cuire les aliments au micro-ondes, démarrer la machine à laver et fermer les stores du salon.

De plus, l'immeuble était situé à un jet de pierre de la caserne d'Ichigaya où Mishima avait commis son suicide rituel. J'avais l'impression d'habiter un lieu d'une importance phéno-ménale et ne cessais d'arpenter l'appartement en écoutant du Bach, observant la mystérieuse adéquation du clavecin avec ce panorama urbain de fantasme et ce ciel trop bleu.

Dans la cuisine, le grille-pain, intelligent, propulsait les toasts quand il sentait qu'ils étaient à point. On entendait alors une sonne-rie qui me charmait. Je programmais des concerts à l'aide des signaux de l'électroména-ger.

Je n'avais donné le numéro de téléphone de ce lieu qu'à une seule personne qui ne tarda pas à m'appeler.

– Comment est l'appartement ? demanda Rinri.

– À vous, il paraîtrait peut-être normal. Pour moi, il est incroyable. Vous viendrez ici lundi pour la leçon, vous verrez.

– Lundi ? Nous sommes vendredi. Lundi est loin. Pourrais-je venir ce soir ?

– Pour dîner ? Je suis incapable de cuisiner.

– Je m'occupe de tout.

Je ne trouvai aucun prétexte pour refuser, d'autant que cela me faisait plaisir. C'était la première fois que mon élève se montrait entreprenant. Nul doute que l'appartement de Christine y était pour quelque chose. Un terrain neutre, ça change la donne.

À dix-neuf heures, je vis apparaître le visage du garçon dans l'écran de l'interphone et lui ouvris. Il arriva avec une valise flambant neuve.

– Vous partez en voyage ?

– Non, je viens cuisiner chez vous.

Je lui montrai le logis qui l'épata moins que moi.

– C'est bien, dit-il. Vous aimez la fondue suisse ?

– Oui. Pourquoi ?

– Tant mieux. J'ai apporté le matériel.

Je devais peu à peu découvrir le culte que vouent les Japonais au matériel destiné à chaque action de la vie : le matériel pour la montagne, le matériel pour la mer, le matériel pour le golf et, ce soir, le matériel pour la fondue suisse. Chez Rinri, il y avait une pièce bien rangée où des valises étaient déjà prêtes pour ces diverses opérations.

Devant mes yeux fascinés, le jeune homme ouvrit la valise spécifique et je vis apparaître, disposés d'inamovible façon, un réchaud à propulsion intergalactique, un caquelon anti-adhésif, un sachet de fromage en polystyrène expansé, une bouteille de vin blanc antigel et des croûtons de pain imputrescible. Il trans-féra ces choses remarquables sur la table en Plexiglas.

– Je commence ? demanda-t-il.

– Oui, j'ai hâte de voir ça.

Il versa le polystyrène et l'antigel dans le caquelon, alluma le réchaud qui, curieusement, ne décolla pas vers le ciel et, pendant que ces substances provoquaient ensemble diverses réactions chimiques, sortit de la valise des assiet-tes se voulant tyroliennes, de longues fourchet-tes et des verres à pied « pour le reste du vin ».

Je courus chercher du Coca au frigo, assu-rant que cela allait très bien avec la fondue suisse, et en remplis mon verre à pied.

– C'est prêt, annonça-t-il.

Nous nous assîmes courageusement face à face et je risquai un bout de pain imputrescible au bout de la fourchette que je trempai dans le mélange. Je le retirai et m'émerveillai du nombre fantastique de fils qui se formèrent aussitôt.

– Oui, dit Rinri avec fierté, ce procédé a très bien réussi les fils.

Les fils qui, comme chacun sait, sont le but véritable de la fondue suisse. Je mis l'objet en bouche et mâchai : cela n'avait absolument aucun goût. Je compris que les Nippons adoraient manger de la fondue suisse pour le côté ludique de l'affaire et qu'ils en avaient créé une qui éliminait le seul détail fâcheux de ce plat traditionnel : sa saveur.

– C'est excellent, affirmai-je, en cachant mon hilarité.

Rinri eut chaud et, pour la première fois, je le vis sans sa veste de daim noir. J'allai chercher une bouteille de tabasco, alléguant qu'en Belgique on mangeait la fondue suisse avec du piment rouge. Je plongeai un morceau de pain dans le polystyrène chaud, provoquai un réseau de mille fils, posai le cube jaune dans mon assiette et arrosai de tabasco, histoire que cela ait un goût. Le garçon observait mon manège et je jure que je vis dans ses yeux ce constat : « Les Belges sont des gens bizarres. » L'hôpital se foutait de la charité.

Bientôt je me lassai de la fondue contemporaine.

— Vas-y, Rinri, raconte-moi.

— Mais… vous me tutoyez !

— Quand on a partagé une telle fondue avec quelqu'un, on le tutoie.

Le polystyrène devait être en train de s'expanser encore dans mon cerveau, qui synthétisait cette croissance sous la forme d'un délire d'expérimentation. Tandis que Rinri triturait ses méninges afin de trouver quoi raconter, j'éteignis le réchaud en soufflant dessus, procédé qui surprit le Japonais, vidai le reste de l'antigel dans le mélange pour le refroidir, et plongeai mes deux mains dans cette glu.

Mon hôte poussa un cri :

— Pourquoi avez-vous fait ça ?

– Pour voir.

Je retirai mes pattes et m'amusai de l'éche-
veau de fils qui les reliait désormais. Une
épaisse couche de faux fromage les gantait.

– Comment allez-vous vous laver ?

– À l'eau et au savon.

– Non, c'est trop collant. Le caquelon est
antiadhésif, pas vos mains.

– C'est ce que nous allons voir.

En effet, le jet d'eau du robinet et le produit
à vaisselle n'entamèrent en rien mes moufles
jaunâtres.

– Je vais essayer de peler mes mains avec un
couteau de cuisine.

Sous les yeux terrorisés de Rinri, je mis ce
projet à exécution. Ce qui devait arriver arriva :
j'entaillai ma paume, et du sang jaillit de la
membrane plastifiée. Je portai la blessure à ma
bouche pour ne pas transformer les lieux en
scène de crime.

– Vous permettez, dit le garçon.

Il s'agenouilla et saisit l'une de mes mains
qu'il commença à racler avec ses dents. C'était
sans doute la meilleure méthode, mais le spec-

tacle de ce chevalier en génuflexion devant la dame dont il tenait délicatement les phalanges pour en ronger le polystyrène m'explosa de rire. Jamais galanterie ne me sidéra tant.

Rinri ne se laissa pas démonter et racla jusqu'au bout. L'opération dura un temps infini pendant lequel je me pénétrai de la bizarrerie de la situation. Ensuite, en artisan perfectionniste, il nettoya mes doigts dans l'évier avec du détergent et une éponge abrasive.

Quand le travail fut achevé, il contempla son sauvetage avec minutie et soupira de soulagement. Cet épisode avait agi sur lui comme une catharsis. Il me prit dans ses bras et ne me lâcha plus.

L E lendemain matin, la sensation d'avoir les mains douloureusement sèches m'éveilla. En me les enduisant de crème, je me rappelai la soirée et la nuit. Il y avait donc un garçon dans le lit. Quelle stratégie adopter ?

Je vins le tirer de son sommeil et lui dis avec beaucoup de douceur que, dans mon pays, la tradition exigeait le départ de l'homme à l'aube. Déjà, nous avions failli, car le soleil était levé. Nous mettrions ce manquement sur le compte de l'éloignement géographique. Cependant, nous n'abuserions pas de cet argument. Rinri demanda si l'usage belge autorisait qu'on se revoie.

– Oui, répondis-je.

– Je passerai te chercher à quinze heures.

Je constatai avec plaisir que mes leçons sur le tutoiement avaient porté leurs fruits. Il prit congé très gentiment. Je le vis s'éloigner avec sa valise à fondue suisse.

Dès que je fus seule, j'éprouvai une grande joie. Je me remémorai les événements avec un mélange d'hilarité et de stupéfaction. Ce qui somme toute m'étonnait le plus, ce n'étaient pas les excentricités de Rinri, mais plutôt cette excentricité suprême : j'avais eu affaire à quelqu'un d'aimable et de charmant. À aucun moment il ne m'avait heurtée en acte ou en parole. Je ne savais pas que cela existait.

Je me préparai mon demi-litre de thé trop fort et l'avalai en regardant par la fenêtre la caserne d'Ichigaya. Aucune envie de commettre seppuku ce matin. Mais un besoin phénoménal d'écrire. Que Tokyo s'abrite de l'onde de choc : on allait voir ce qu'on allait voir. Je me jetai sur le papier vierge avec la conviction que la terre en tremblerait.

Curieusement, il n'y eut pas de séisme. Vu la zone où nous nous trouvions, ce calme tellurique était une étrangeté qu'il fallait peut-être mettre sur le compte d'une actualité favorable.

Parfois, je m'arrêtais d'écrire et contemplais Tokyo par la baie vitrée en pensant : « J'ai une liaison avec un type d'ici. » Je m'en ahurissais puis reprenais mon écriture. La journée entière se déroula ainsi. De tels jours sont excellents.

Le lendemain, la ponctualité de la Mercedes n'eut d'égale que sa blancheur.

Rinri avait changé. Son profil de conducteur n'était plus aussi immobile et impassible. Son silence s'approfondissait d'une gêne intéressante.

– Où allons-nous ? demandai-je.

– Tu verras.

Cette réponse allait devenir l'un de ses classiques ; que la destination fût grandiose ou anecdotique, mes questions n'entraîneraient plus que des « tu verras ». Tuvéra, c'était le Cythère de ce garçon, un lieu mouvant dont l'unique fonction consistait à donner une direction à la voiture.

Ce dimanche inaugurait un Tuvéra qui choisit de se situer à Tokyo : le parc des jeux Olympiques. L'idée me parut bonne en ceci qu'elle avait une signification, mais qu'elle m'indifférait : même sous les plus nobles bannières, les compétitions n'ont jamais réussi à me passionner. Je regardai le stade et les installations sportives avec la politesse idéale des tièdes, j'écoutai les explications parcimonieuses de Rinri en n'accordant d'attention qu'aux progrès de son français : aux olympiades des langues étrangères, la médaille d'or lui reviendrait.

Nous étions loin d'être les seuls amoureux, pour reprendre la terminologie d'usage, à nous promener autour du stade. J'adorais ce côté « parcours obligé » de nos tribulations : la tradition de ce pays avait mis à la disposition des couples d'un jour ou d'une vie un genre d'infrastructure afin que leur emploi du temps ne relève pas du casse-tête. Cela ressemblait à un jeu de société. Vous ressentez quelque chose pour quelqu'un ? Au lieu de réfléchir de midi à quatorze heures à la nature exacte de votre trouble, emmenez ce quelqu'un à la case une-telle de notre monopoly ou plutôt de notre monophily. Pourquoi ? Vous verrez.

Tuvéra était la meilleure philosophie. Rinri et moi n'avions aucune idée de ce que nous faisions ensemble ni d'où nous allions. Sous couleur de visiter des endroits d'un intérêt relatif, nous nous explorions l'un l'autre avec une curiosité bienveillante. La case départ du monophily nippon m'enchantait.

Rinri me tenait la main, ainsi que chaque amoureux du parcours tenait la main de celle qui l'accompagnait. Devant le podium, il me dit :

– C'est le podium.

– Ah, répondis-je.

Devant la piscine, il me dit :

– C'est la piscine.

– C'est donc ça, répondis-je avec le plus grand sérieux.

Je n'aurais échangé ma place contre celle de personne. Je m'amusais trop et suscitais de nouvelles révélations, marchant en direction du ring pour entendre « c'est le ring », etc. Ces désignations me mettaient en joie.

À dix-sept heures, comme un grand nombre d'amoureuses locales, je reçus un *kori* à la grenadine. Je croquai la glace pilée et colorée avec enthousiasme. Observant que cela valait aux généreux donateurs environnants de tendres manifestations de gratitude, je n'en fus pas avare. J'aimais cette impression de copier les réponses de mes voisines.

À la nuit tombante, il commença à faire froid. Je demandai à Rinri ce que le monophily prévoyait pour le soir.

— Pardon ? interrogea-t-il.

Pour le tirer d'embarras, je le conviai dans l'appartement de Christine. Il parut aussi heureux que soulagé.

Tuvéra n'était jamais si fantastique qu'au sein d'un immeuble tokyoïte perfectionné. La musique de Bach retentit dès que j'ouvris la porte.

— C'est Bach, dis-je.

Chacun son tour.

— J'aime beaucoup, commenta Rinri.

Je me tournai vers lui et le montrai du doigt :

— C'est toi.

Après l'amour, il n'y avait plus de règle. Sur l'oreiller, je découvrais quelqu'un. Il me regardait très longtemps et puis disait :

— Quel beau tu es.

C'était de l'anglais mal traduit en français. Pour rien au monde je ne l'aurais corrigé. On ne m'avait jamais trouvée beau.

— Les Japonaises sont beaucoup plus belles, dis-je.

— Ce n'est pas vrai.

Je me réjouis de son mauvais goût.

— Raconte-moi les Japonaises.

Il haussa les épaules. J'insistai. Il finit par dire :

— Je ne peux pas t'expliquer. Elles m'énervent. Elles ne sont pas elles-mêmes.

— Je ne suis peut-être pas moi-même non plus.

— Si. Tu es là, tu existes, tu regardes. Elles, elles se demandent tout le temps si elles plaisent. Elles ne pensent qu'à elles.

— La plupart des Occidentales sont pareilles.

— Mes amis et moi, nous avons l'impression que, pour ces filles, nous sommes des miroirs.

Je fis mine de me mirer en lui, de me recoiffer. Il rit.

— Tu parles beaucoup de filles avec tes amis ?

— Pas beaucoup. C'est gênant. Et toi, tu parles de garçons ?

— Non, c'est intime.

— Les filles japonaises, c'est le contraire. Avec le garçon, c'est la grande pudeur. Et puis elles vont tout raconter à leurs amies.

— Les Occidentales, c'est la même chose.

— Pourquoi tu dis ça ?

— Pour défendre les Japonaises. Ce doit être difficile d'être une Japonaise.

— C'est difficile aussi d'être un Japonais.

— Sûrement, raconte.

Il se tut. Il respira. Je vis ses traits se métamorphoser.

— À cinq ans, comme les autres enfants, j'ai passé les tests pour entrer dans l'une des meilleures écoles primaires. Si j'avais réussi, j'aurais pu, un jour, aller dans l'une des meilleures universités. À cinq ans, je le savais. Mais je n'ai pas réussi.

Je m'aperçus qu'il tremblait.

– Mes parents n'ont rien dit. Ils étaient déçus. Mon père, à cinq ans, avait réussi, lui. J'ai attendu la nuit et j'ai pleuré.

Il éclata en sanglots. Je pris dans mes bras son corps tout contracté de souffrance. On m'avait parlé de ces horribles sélections nippones, imposées mille fois trop tôt à des enfants conscients de l'importance de l'enjeu.

– À cinq ans, j'ai su que je n'étais pas assez intelligent.

– C'est faux. À cinq ans, tu as su que tu n'avais pas été sélectionné.

– J'ai senti que mon père pensait : « Ce n'est pas grave. Il est mon fils, il aura ma place. » Ma honte a commencé et n'a pas cessé.

Je le serrai contre moi, murmurant des paroles de réconfort, l'assurant de son intelligence. Il pleura longtemps puis s'endormit.

J'allai contempler la nuit sur une ville où, chaque année, la majorité des enfants de cinq ans apprenaient qu'ils avaient raté leur vie. Il me sembla entendre résonner des concerts de larmes étouffées.

Rinri s'en tirait en étant le fils de son père : c'était compenser une douleur par une honte. Mais les autres, qui échouaient aux tests, savaient dès leur plus jeune âge qu'ils deviendraient, au mieux, de la chair à entreprise, comme il y eut de la chair à canon. Et l'on s'étonne que tant d'adolescents nippons se suicident.

CHRISTINE ne rentrerait que dans trois semaines. Je proposai à Rinri de profiter au maximum de son appartement. La partie de monophily se poursuivrait dès son retour. Le jeune homme fut ravi de ma suggestion.

En amour comme en n'importe quoi, l'infrastructure est essentielle. En regardant par la baie vitrée la caserne d'Ichigaya, je demandai à Rinri s'il aimait Mishima.

– C'est magnifique, dit-il.

– Tu m'étonnes. Des Européens m'ont affirmé que c'était un écrivain qui plaisait davantage aux étrangers.

– Les Japonais n'aiment pas beaucoup sa personnalité. Mais son œuvre est sublime. Tes amis européens t'ont dit une chose bizarre, car c'est surtout en japonais que c'est beau. Ses phrases sont de la musique. Comment traduire ça ?

Je me réjouis de cette déclaration. Comme ce ne serait pas de sitôt que je pourrais déchiffrer les idéogrammes nécessaires, je priai le garçon de me lire à haute voix du Mishima dans le texte. Il s'en acquitta de bonne grâce et je frissonnai à l'entendre me dire *Kinjiki*. J'étais loin de comprendre tout, à commencer par le titre.

— Pourquoi les « couleurs interdites » ?

— En japonais, couleur peut être synonyme d'amour.

L'homosexualité a longtemps été interdite par la loi nippone. Si délicieuse que fût cette équivalence entre couleur et amour, Rinri abordait là un sujet délicat. Je ne parlais jamais d'amour. Il abordait souvent la question, je m'arrangeais pour changer de conversation. Par la fenêtre, nous observions, avec des jumelles, la floraison des cerisiers du Japon.

— L'usage voudrait que je te chante des chansons en buvant du saké sous les cerisiers en fleur, la nuit.

– Chiche.

Sous le cerisier le plus proche, Rinri me chanta des bluettes. Je ris, il prit la mouche :

– Je pense ce que je chante.

J'avalai le saké d'un trait pour évacuer ma gêne. Ces bourgeons étaient dangereux qui exaltaient le sentimentalisme du jeune homme.

De retour dans l'appartement technologique, je me crus en lieu sûr. Erreur : j'eus droit à des mots d'amour hauts comme l'immeuble. Je les écoutai avec courage et me tus. Par bonheur, le garçon accepta mon silence.

Je l'aimais beaucoup. On ne peut pas dire cela à son amoureux. Dommage. De ma part, l'aimer beaucoup, c'était beaucoup.

Il me rendait heureuse.

J'étais toujours joyeuse de le voir. J'avais pour lui de l'amitié, de la tendresse. Quand il n'était pas là, il ne me manquait pas. Telle était l'équation de mon sentiment pour lui et je trouvais cette histoire merveilleuse.

C'est pourquoi je redoutais des déclarations qui eussent exigé une réponse ou, pire, une réciprocité. Mentir en ce registre est un supplice. Je découvrais que ma peur n'était pas fondée. De moi, Rinri attendait seulement que je l'écoute. Comme il avait raison ! Écouter quelqu'un, c'est énorme. Et je l'écoutais avec ferveur.

Ce que j'éprouvais pour ce garçon manquait de nom en français moderne, mais pas en japonais, où le terme de *koi* convenait. *Koi*, en français classique, peut se traduire par goût. J'avais du goût pour lui. Il était mon *koibito*, celui avec lequel je partageais le *koi* : sa compagnie était à mon goût.

En japonais moderne, tous les jeunes couples non mariés qualifient leur partenaire de *koibito*. Une pudeur viscérale bannit le mot amour. Sauf accident ou accès de délire passionnel, on n'emploie pas ce mot énorme, que l'on réserve à la littérature ou à ces sortes de choses. Il avait fallu que je tombe sur le seul

Nippon qui ne dédaignait ni ce vocabulaire ni les manières ad hoc. Mais je me rassurai en pensant que l'exotisme linguistique devait avoir largement contribué à cette bizarrerie. Il n'était pas indifférent que les déclarations de Rinri s'adressant à une francophone s'énoncent soit en français, soit en japonais : la langue française représentait sans doute ce territoire à la fois prestigieux et licencieux où l'on pouvait s'encanailler de sentiments inavouables.

L'amour est un élan si français que d'aucuns y ont vu une invention nationale. Sans aller jusque-là, je reconnais qu'il y a dans cette langue un génie amoureux. Peut-être pouvait-on considérer que Rinri et moi avions chacun contracté l'inclination typique de la langue de l'autre : lui jouait à l'amour, grisé par cette nouveauté, et moi je me délectais de *koi*. Ce qui prouvait combien nous étions tous deux admirablement ouverts à la culture de l'autre.

Koi n'avait qu'un défaut : son nom, qui en faisait l'homonyme parfait de la carpe, l'unique animal qui m'ait toujours inspiré de la répulsion. Heureusement, cette coïncidence ne s'accompagnait d'aucune ressemblance : même si, au Japon, les carpes symbolisent les garçons, le sentiment que j'éprouvais pour Rinri n'évoquait en rien le gros poisson vaseux à la bouche immonde. *Koi* me ravissait, au contraire, par sa légèreté, sa fluidité, sa fraîcheur et son absence de sérieux. *Koi* était élégant, ludique, drôle, civilisé. L'un des charmes de *koi* consistait à parodier l'amour : on en reprenait certaines attitudes, moins pour dénoncer quoi que ce fût que par franche rigolade.

Je m'efforçais cependant de cacher mon hilarité afin de ne pas blesser Rinri ; le manque d'humour de l'amour est notoire. Je le soupçonne d'avoir su que, pour lui, je ressentais *koi* et non *ai* – mot si beau que je regrettais parfois de n'avoir pas à l'employer. S'il ne s'en attrista pas, c'est sans doute par conscience inaugurale : il devait avoir compris qu'il était mon premier *koi*, de même que j'étais son premier amour. Car si j'avais déjà flambé à maintes reprises, jamais encore je n'avais eu de goût pour quiconque.

Entre ces deux mots, *koi* et *ai*, il n'y a pas

de variation d'intensité, il y a une incompati-
bilité essentielle. S'éprend-on de ceux pour qui
l'on a du goût ? Impensable. On tombe amoureux de ceux que l'on ne supporte pas, de ceux
qui représentent un danger insoutenable. Scho-
penhauer voit dans l'amour une ruse de l'instinct de procréation : je ne puis dire l'horreur
que m'inspire cette théorie. Dans l'amour, je
vois une ruse de mon instinct pour ne pas
assassiner autrui : quand j'éprouve le besoin de
tuer une personne bien définie, il arrive qu'un
mécanisme mystérieux – réflexe immunitaire ?
fantasme d'innocence ? peur d'aller en prison ? – me fasse cristalliser autour de cette personne. Et c'est ainsi qu'à ma connaissance, je
n'ai pas encore de meurtre à mon actif.

Tuer Rinri ? Quelle idée atroce et surtout
absurde ! Tuer un être si gentil et qui ne sus-
citait en moi que le meilleur ! D'ailleurs, je ne
l'ai pas tué, ce qui prouve bien que ce n'était
pas nécessaire.

Il n'est pas banal que j'écrive une histoire où
personne n'a envie de massacrer personne. Ce
doit être cela, une histoire de *koi*.

C'ÉTAIT Rinri qui préparait les repas. Il cuisinait mal, mais mieux que moi, ce qui est le cas de l'humanité entière. Il eût été dommage que le somptueux électroménager de Christine ne servît à rien. Il servit à de douteux plats de pâtes qu'il appelait *carbonara* – son interprétation de ce classique consistait à y incorporer toutes les variétés de matières grasses répertoriées en 1989 sur cette planète, et en quantité. Les Japonais cuisinent léger, c'est bien connu. Là encore, je n'exclus pas l'hypothèse d'avoir été le prétexte d'un défoulement culturel.

Au lieu de lui signifier que c'était inavalable, je lui parlai de ma passion pour les sashimis et les sushis. Il grimaça.

– Tu n'aimes pas ? demandai-je.

– Si, si, me dit-il poliment.

– Ce doit être difficile à préparer.

– Oui.

– Tu pourrais en acheter chez un traiteur.

– Tu y tiens vraiment ?

– Pourquoi dis-tu que ça te plaît si ça ne te plaît pas ?

– Ça me plaît. Mais quand je mange ça, j'ai l'impression d'être à un dîner de famille et que mes grands-parents sont là.

C'était un argument.

– En plus, quand je mange ça avec eux, ils passent leur temps à déclarer que c'est bon pour la santé. C'est ennuyeux, ajouta-t-il.

– Je comprends. Et ça donne envie de manger des choses mauvaises pour la santé, comme des spaghettis carbonara, dis-je.

– C'est mauvais pour la santé ?

– Ta version l'est sans aucun doute.

– C'est pour cette raison que c'est délicieux.

Il allait être encore plus difficile de lui demander de cuisiner autre chose.

— Et si je nous refaisais une fondue ? proposa-t-il.

— Non.

— Tu n'as pas aimé ?

— Si, mais c'est un souvenir si spécial. Le renouveler ne pourrait que nous décevoir.

Ouf. J'avais trouvé une excuse polie.

— Et l'*okonomiyaki* que nous avons partagé chez tes amis ?

— Oui, c'est facile.

Sauvée. Ce devint notre plat fétiche. Le frigo se remplit en permanence de crevettes, d'œufs, de chou et de gingembre. Un tétrapack de sauce aux prunes trôna sur la table.

— Où achètes-tu cette excellente sauce ? demandai-je.

— Il y en a un stock chez moi. Mes parents l'ont rapportée d'Hiroshima.

— Ce qui signifie que quand il n'y en aura plus, il faudra y retourner.

— Je n'y suis jamais allé.

— Ça tombe bien. Tu n'as rien vu à Hiroshima, rien.

— Pourquoi dis-tu ça ?

Je lui expliquai que je parodiais un classique du cinéma littéraire français.

— Je n'ai pas vu ce film, s'indigna-t-il.

— Tu peux lire le livre.

— Quelle est l'histoire ?

— Je préfère ne pas te raconter et te laisser découvrir.

L E temps que nous passions ensemble, nous ne mettions pas le nez dehors. Le retour de Christine approchait à grands pas, nous envisagions avec terreur de quitter cet appartement qui avait joué un tel rôle dans notre liaison.

– Nous pourrions barricader la porte, suggérai-je.

– Tu ferais ça ? dit-il avec une admiration effrayée.

J'aimais qu'il me crût capable de si mauvaises actions.

Nous passions un temps fou dans la salle de bains. La baignoire avait la dimension d'une baleine creuse, dont les évents auraient été dirigés vers l'intérieur.

Rinri, respectueux de la tradition, se récurait entièrement dans le lavabo avant d'entrer dans le bain : on ne souille pas l'eau de l'honorable baignoire. Je ne pouvais pas me plier à un usage que je trouvais si absurde. Autant mettre des assiettes propres dans un lave-vaisselle.

Je lui exposai mon point de vue.

– Tu as peut-être raison, dit-il, mais je suis incapable de me conduire autrement. Profaner l'eau du bain est au-dessus de mes forces.

– Alors que proférer des blasphèmes sur la nourriture japonaise ne te pose aucun problème.

– C'est comme ça.

Il avait raison. Chacun ses bastions réactionnaires, cela ne s'explique pas.

Le bain-baleine me donnait parfois l'impression de bouger et d'entraîner ses occupants au fond de la mer.

– Tu connais l'histoire de Jonas ? demandai-je.

– Ne parle pas de baleine. Nous allons nous disputer.

83

— Ne me dis pas que tu es l'un de ces Nippons qui en mangent ?

— Je sais que c'est mal. Ce n'est pas ma faute si c'est si bon.

— J'y ai goûté, c'est infect !

— Tu vois ? Si ça t'avait plu, tu ne trouverais pas notre usage choquant.

— Mais les baleines sont en voie de disparition !

— Je sais. Nous avons tort. Que veux-tu ? Quand je pense au goût de cette viande, je salive. Je ne peux pas m'en empêcher.

Il n'était pas le Japonais type. Ainsi, il avait énormément voyagé, mais seul et sans appareil photo.

— Ce sont des choses que je cache aux autres. Si mes parents avaient su que je partais seul, ils se seraient inquiétés.

— Ils t'auraient cru en danger ?

— Non. Ils se seraient inquiétés pour ma santé mentale. Ici, aimer voyager sans compagnie, c'est passer pour un dérangé. Dans notre langue, le mot « seul » contient une idée de désespoir.

– Il y a pourtant des ermites célèbres dans ton pays.

– C'est exactement ça. On considère que, pour aimer la solitude, il faut être bonze.

– Pourquoi tes compatriotes ne s'attroupent-ils jamais autant qu'à l'étranger ?

– Ils aiment voir des gens différents d'eux et pouvoir, au même instant, se rassurer en côtoyant leurs semblables.

– Et ce besoin de photographier ?

– Je ne sais pas. Ça m'énerve, d'autant qu'ils prennent tous des photos identiques. C'est peut-être pour se prouver qu'ils n'ont pas rêvé.

– Je ne t'ai jamais vu avec un appareil photo.

– Je n'en ai pas.

– Toi qui possèdes tous les gadgets qui existent, y compris un réchaud pour manger de la fondue suisse dans une navette spatiale, tu n'as pas d'appareil photo ?

– Non. Ça ne m'intéresse pas.

– Sacré Rinri.

Il me demanda le sens de cette expression. Je la lui expliquai. Il trouva ça tellement étrange que, fasciné, il se mit à dire vingt fois par jour : « Sacrée Amélie. »

Un après-midi, il se mit à pleuvoir brusquement, puis à grêler. Je regardai le spectacle par la fenêtre de l'immeuble en commentant :

– Tiens, au Japon aussi, il y a des giboulées.

J'entendis derrière moi l'écho de sa voix qui répétait :

– Giboulée.

Je compris qu'il venait de découvrir ce mot, que le contexte lui en avait précisé le sens et qu'il le prononçait pour le fixer dans son esprit. Je ris. Il sembla comprendre mon amusement car il dit :

– Sacré moi.

DÉBUT avril, Christine revint de Belgique. Dans ma bonté, je lui rendis son appartement. Rinri parut plus meurtri que moi. Notre liaison dut emprunter un cours plus erratique. Je n'en fus pas absolument mécontente. Le monophily me manquait un peu.

Je retournai au château de béton. Les parents du garçon ne m'appelaient plus Sensei, ce qui prouva leur perspicacité. Les grands-parents m'appelèrent plus que jamais Sensei, ce qui confirma leur perversité.

Comme je prenais le thé avec ce petit monde, le père me montra un bijou qu'il venait de créer. C'était un collier bizarre, à mi-chemin entre un mobile de Calder et une rivière d'onyx.

— L'aimez-vous ? demanda-t-il.

— L'association du noir et de l'argent me plaît. C'est élégant.

— Il vous appartient.

Rinri l'attacha autour de mon cou. J'étais confondue. Quand je me retrouvai seule avec lui, je dis :

— Ton père m'a offert un cadeau magnifique. Comment lui rendre la pareille ?

— Si tu lui donnes quelque chose, il t'offrira plus encore.

— Que dois-je faire ?

— Rien.

Il avait raison. Pour éviter l'escalade de générosité, il n'y a d'autre solution que d'accepter courageusement les offrandes somptueuses.

Entre-temps, j'avais regagné mon logis. Rinri était trop délicat pour me demander de l'y recevoir, mais il me tendait des perches que j'évitais soigneusement d'attraper.

Il me téléphonait souvent. Il s'exprimait avec un comique involontaire qui m'enchantait d'autant plus qu'il était sérieux :

– Bonjour, Amélie. Je voudrais connaître ton état de santé.

– Excellent.

– Dans ces conditions, est-ce que tu souhaites me rencontrer ?

J'éclatais de rire. Il ne comprenait pas pourquoi.

Rinri avait une petite sœur de dix-huit ans qui étudiait à Los Angeles. Un jour, il m'annonça qu'elle venait à Tokyo pour de courtes vacances.

– Je passerai te chercher ce soir pour te la présenter.

Dans sa voix, tremblait une solennité émue. Je me préparai à vivre quelque chose d'important.

Quand je m'assis dans la Mercedes, je me retournai pour saluer la jeune fille installée sur la banquette arrière. Sa beauté me stupéfia.

– Amélie, voici Rika. Rika, voici Amélie.

Elle me salua avec un sourire exquis. Son

prénom me déçut, mais pas le reste de sa personne. C'était un ange.

— Rinri m'a beaucoup parlé de toi, dit-elle.

— Il m'a beaucoup parlé de toi aussi, inventai-je.

— Vous mentez toutes les deux. Je ne parle jamais beaucoup.

— C'est vrai, il ne dit jamais rien, reprit Rika. Il m'a terriblement peu parlé de toi. C'est pourquoi je suis persuadée qu'il t'aime.

— En ce cas, il t'aime aussi.

— Tu ne m'en veux pas si je te parle américain ? En japonais, je fais trop de fautes.

— Ce n'est pas moi qui les remarquerais.

— Rinri n'arrête pas de me corriger. Il me veut parfaite.

Elle était au-delà de la perfection. Le jeune homme nous conduisit au parc Shirogane. À la tombée de la nuit, les lieux étaient si déserts qu'on se serait cru loin de Tokyo, en quelque forêt mythique.

Rika descendit de la voiture avec un sac qu'elle ouvrit. Elle en sortit une nappe de soie qu'elle disposa par terre, du saké, des verres et des gâteaux. Elle s'assit sur l'étoffe et nous invita à l'imiter. Sa grâce m'éblouissait.

Tandis que nous buvions à cette rencontre, je lui demandai quels étaient les idéogrammes de son prénom. Elle me montra.

– Le pays des parfums ! m'exclamai-je. C'est merveilleux et ça te va très bien.

De connaître sa signification nippone, le prénom cessa de me sembler vilain.

La vie californienne l'avait rendue beaucoup moins renfermée que son frère. Elle babilla de charmante façon. Je buvais ses paroles. Rinri paraissait aussi hypnotisé que moi. Nous la contemplions comme un ravissant phénomène naturel.

– Bon, dit-elle soudain. Alors, ce feu d'artifice ?

– J'y vais, dit le garçon.

Je tombais des nues. Rinri prit dans le coffre une valise qui se révéla celle des feux d'artifice, de même qu'il y avait eu la valise de la fondue suisse. Il disposa sur le sol un matériel d'artificier et nous avertit que cela allait commencer. Bientôt le ciel nous surplomba d'explosions de couleurs et d'étoiles tandis que retentissait l'extase de la jeune fille.

Sous mes yeux éblouis, le frère donnait à la sœur non pas une preuve, mais une manifestation d'amour. Jamais je ne m'étais sentie aussi proche de lui.

Quand les aurores boréales cessèrent de crépiter au-dessus de nos têtes, Rika s'exclama, désolée :

– Déjà fini ?

– Il reste encore les bâtonnets, dit le garçon.

Il prit dans la valise des fagots de brindilles et nous en distribua par poignées. Il n'en alluma qu'une qui propagea l'incendie à toutes les extrémités. Chaque baguette émit son faisceau d'étincelles tournoyantes.

La nuit argentait les bambous du parc Shirogane. Notre apocalypse de lucioles projetait son or sur cette matité blanche. Le frère et la sœur s'émerveillaient de leurs brochettes d'étoiles. Je me rendais compte que j'étais avec deux enfants épris l'un de l'autre et cette vision me bouleversait.

Qu'ils m'admettent parmi eux, quel cadeau !

Mieux qu'une manifestation d'amour, c'était une manifestation de confiance.

Les barbapapas de lumière achevèrent de s'éteindre, mais le charme ne se rompit pas. La jeune fille soupira de joie :

– C'était bien !

Je partageais l'amour de Rinri pour cette fillette heureuse. Il y avait quelque chose de nervalien dans cette atmosphère de fête mourante avec belle jeune fille légendaire. Nerval au Japon, qui l'eût cru ?

Le lendemain soir, Rinri m'emmena manger des nouilles chinoises dans une gargote.

– J'aime Rika, lui dis-je.

– Moi aussi, répondit-il avec un sourire ému.

– Tu sais, nous avons un point commun étrange, toi et moi. J'aime également ma sœur qui vit au loin. Elle s'appelle Juliette et la quitter a été surhumain.

Je lui montrai une photo de ma grande sœur sacrée.

– Elle est belle, commenta-t-il en la regardant avec attention.

– Oui, et elle est mieux que belle. Elle me manque.

– Je comprends. Quand Rika est en Californie, elle me manque terriblement.

Devant mon bol, je devins élégiaque. Je lui dis que lui seul pouvait comprendre combien j'étais amputée par l'absence de Juliette. Je lui racontai la force du lien qui m'avait toujours unie à elle, combien je l'aimais et la violence absurde que je m'étais infligée en me séparant d'elle.

– Il fallait que je retourne au Japon, mais fallait-il que je vive cet arrachement atroce ?

– Pourquoi ne t'a-t-elle pas accompagnée ?

– Elle veut habiter en Belgique où elle a son travail. Elle n'a pas ma passion pour ton pays.

– C'est comme Rika. Le Japon ne la fait pas rêver.

Comment était-il possible que des êtres aussi délicieux que nos sœurs ne soient pas fascinés par ce pays ? Je demandai à Rinri ce que la jeune fille étudiait en Californie. Il répondit que son programme était très vague, qu'en réalité elle était la maîtresse d'un certain Tchang, un Chinois qui régnait sur la pègre de Los Angeles.

– Tu n'imagines pas combien il est riche, dit-il avec un désespoir amusé.

Éberluée, je me demandai comment il était possible que cet ange tombé du ciel ait choisi de vivre avec un caïd. « Ne sois pas stupide, me dis-je, ainsi va le monde depuis toujours. » Dans ma tête je vis soudain Rika avec un boa de plumes autour du cou et des talons aiguilles, marchant au bras d'un Chinois en costume blanc. J'éclatai de rire.

Rinri eut pour moi un sourire complice. Nos sœurs respectives nous apparurent dans le bouillon de nos nouilles. Notre liaison avait du sens.

MES progrès en japonais m'épataient, moins cependant que ceux de Rinri en français, qui étaient fulgurants.

Nous jouions à nous en jeter plein la vue l'un l'autre dans ce domaine. Quand tombait l'averse, Rinri disait :

– Il pleut à vache qui pisse.

Ce qui, de sa voix toujours distinguée, ne manquait pas de comique.

Quand il disait quelque énormité, je pris l'habitude de lancer avec éclat :

– *Nani ô shaimasu ka ?*

Ce qui se traduit par – ou plutôt ne se traduit pas, car personne d'autre qu'un Nippon n'emploierait tournure si aristocratique, à telle enseigne que même les Japonais ne l'utilisent

plus – : « Qu'osez-vous proférer si honorable-
ment ? »

Il s'écroulait de rire. Un soir que ses parents
m'avaient invitée à dîner dans leur château de
béton, je voulus les impressionner. Dès que
Rinri dit quelque chose d'étonnant, je clamai
de manière à être entendue :

– *Nani ô shaimasu ka ?*

La stupéfaction passée, Monsieur hurla de
rire. Les grands-parents, indignés, m'engueulè-
rent, alléguant que je n'avais pas le droit de
dire ça. Madame attendit que le silence se réta-
blisse pour me déclarer avec un sourire :

– Pourquoi te donnes-tu tant de mal à paraître distinguée alors qu'avec un visage si expres-
sif, tu ne seras jamais une dame ?

J'eus la confirmation de ce que sa politesse
m'avait déjà laissé entrevoir : cette femme me
haïssait. Non seulement je lui volais son fils,
mais en plus j'étais étrangère. En plus de ces
deux crimes, elle semblait subodorer en moi
autre chose qui lui déplaisait plus encore.

– Si Rika avait été là, elle aurait pleuré de

rire, dit Rinri qui n'avait pas remarqué la vacherie de sa mère.

Par le passé, j'avais appris l'anglais, le néerlandais, l'allemand et l'italien. Il y avait une constante avec ces langues vivantes : je les comprenais mieux que je ne les parlais. C'était dans l'ordre de la logique : on observe un comportement avant de l'adopter. L'intuition linguistique fonctionne même quand la compétence n'est pas encore atteinte.

En japonais, c'était l'inverse : ma connaissance active dépassait de loin ma connaissance passive. Ce phénomène n'a jamais disparu que je ne m'explique pas. Il m'arriva maintes fois de parvenir à exprimer dans cette langue des idées si sophistiquées que mon interlocuteur, croyant avoir affaire à une agrégée en nipponologie, me répondait des propos d'une élévation comparable. Il ne me restait d'autre solution que la fuite pour cacher que je n'avais pas saisi un mot de la repartie. Quand la retraite se montrait impossible, je ne pouvais qu'imaginer ce que le vis-à-vis avait pu me rétorquer et continuer ainsi ce monologue déguisé en dialogue.

J'ai exposé ce phénomène à des linguistes qui m'ont assuré que c'était normal : « Vous ne pouvez pas avoir d'intuition linguistique dans une langue aussi éloignée de la vôtre. » C'est oublier que j'ai parlé japonais jusqu'à l'âge de cinq ans. Par ailleurs, j'ai vécu en Chine, au Bangladesh, etc. et là, comme partout ailleurs, ma connaissance passive de la langue pratiquée l'a emporté sur l'active. Il y a donc, dans mon cas, une véritable exception japonaise que je suis tentée d'expliquer par le destin : c'était un pays où la passivité me serait impensable.

Ce qui devait arriver arriva : en juin, Rinri m'annonça avec une tête d'enterrement qu'il n'y avait plus de sauce aux prunes amères.

– Au train où nous en avons usé, il ne pouvait en être autrement.

Ses progrès en français me fascinaient. Je répondis :

— Tant mieux ! Je rêvais de partir à Hiroshima avec toi.

De grave, son visage devint terrible. Je cherchai une explication historique et parlementai :

— Le monde entier a admiré le courage avec lequel Hiroshima et Nagasaki ont enduré…

— Il ne s'agit pas de ça, m'interrompit-il. J'ai lu ce petit livre écrit par une Française, celui dont tu m'avais parlé…

— *Hiroshima mon amour.*

— Oui. Je n'ai rien compris.

J'éclatai de rire.

— Ne t'inquiète pas, beaucoup de francophones ont vécu ce phénomène. Raison de plus pour aller à Hiroshima, inventai-je.

— Tu veux dire que si on lit ce livre à Hiroshima, on le comprend ?

— Sûrement, promulguai-je.

— C'est idiot. Je n'ai pas besoin d'aller à Venise pour comprendre *Mort à Venise*, ni à Parme pour lire *La Chartreuse de Parme*.

— Marguerite Duras est un auteur très spécial, dis-je, persuadée de la véracité de mon propos.

100

Le samedi suivant, rendez-vous fut fixé à sept heures du matin à l'aéroport de Haneda. J'aurais préféré le train mais, pour les Japonais, le train est à ce point une expérience quotidienne que Rinri avait besoin de changement.

– Et puis, survoler Hiroshima, ça doit donner l'impression d'être à bord de l'*Enola Gay*, dit-il.

C'était au début du mois de juin. À Tokyo, il faisait un temps idéal, beau, vingt-cinq degrés. À Hiroshima, il y avait cinq degrés de plus et l'humidité de la saison des pluies stagnait déjà dans l'air. Mais le soleil était encore de la partie.

Dès l'aéroport d'Hiroshima, j'eus une impression très spécifique : nous n'étions pas en 1989. Je ne savais plus en quelle année nous étions : certes, pas en 1945, mais cela ressemblait aux années cinquante ou soixante. Le choc atomique avait-il ralenti le cours du temps ? Les constructions modernes ne manquaient pas, les gens étaient habillés normalement, les véhicules ne différaient pas de ceux du Japon entier. C'était comme si, ici, les êtres vivaient plus fort qu'ailleurs. Habiter une ville dont le nom signifiait, pour la planète entière, la mort avait exalté en eux la fibre vivante ; il en résultait une impression d'optimisme qui recréait l'ambiance d'une époque où l'on croyait encore en l'avenir.

Ce constat m'atteignit au cœur. Je fus d'emblée bouleversée par cette ville à l'atmosphère déchirante de bonheur courageux.

Le musée de la Bombe me stupéfia. On a beau le savoir, les détails de l'affaire dépassent l'imagination. Les choses y sont présentées avec une efficacité qui confine à la poésie : on parle de ce train qui, le 6 août 1945, longeait la côte en direction d'Hiroshima, y conduisant, entre autres, des travailleurs du matin. Les voyageurs regardaient mollement la ville par les fenêtres des wagons. Ensuite le train entra dans un tunnel et, quand il en sortit, les travailleurs virent qu'il n'y avait plus d'Hiroshima.

En me promenant dans les rues de cette ville de province, je pensai que la dignité japonaise trouvait ici son illustration la plus frappante. Rien, absolument rien, ne suggérait une ville martyre. Il me sembla que, dans n'importe quel autre pays, une monstruosité de cette ampleur eût été exploitée jusqu'à la lie. Le capital de victimisation, trésor national de tant de peuples, n'existait pas à Hiroshima.

Dans le parc de la Paix, les amoureux se bécotaient sur les bancs publics. Je me rappelai soudain que je ne voyageais pas seule et me pliai à l'usage local. Quand ce fut fait, Rinri sortit de sa poche le livre de Marguerite Duras. Je l'avais oublié. Lui ne pensait qu'à cela. Il me lut tout haut, du début à la fin, *Hiroshima mon amour*.

J'avais le sentiment qu'il récitait mon acte d'accusation et que je devais rendre compte de ce qui m'était reproché. Vu la longueur du texte et l'effet ralentissant de l'accent japonais, j'eus le temps de préparer ma défense. Le plus dur fut de m'empêcher de rire quand il lut, irrité d'incompréhension : « Tu me tues, tu me fais du bien. » Il ne le disait pas comme Emmanuelle Riva.

Deux heures plus tard, quand il eut fini, il ferma le bouquin et me regarda.

— C'est magnifique, n'est-ce pas ? osai-je murmurer.

— Je ne sais pas, répondit-il, implacable.

Je n'allais pas m'en tirer à si bon compte.

— Mettre sur un pied d'égalité la jeune Française tondue à la Libération et la population d'Hiroshima, il fallait le culot de Duras pour ça.

— Ah bon ? C'est ce que ça signifie ? interrogea Rinri.

— Oui. C'est un livre qui exalte l'amour victime de la barbarie.

— Pourquoi l'auteur le dit-elle de façon si bizarre ?

— C'est Marguerite Duras. Son charme, c'est qu'on sent les choses sans forcément les comprendre.

— Moi, je n'ai rien senti.

— Si, tu étais fâché.

— C'est la réaction voulue ?

— Duras aime ça aussi. C'est une bonne attitude. Quand on achève un livre de Duras, on

104

éprouve une frustration. C'est comme une enquête au terme de laquelle on a peu compris. On a entrevu des choses au travers d'une vitre dépolie. On sort de table en ayant faim.

– J'ai faim.

– Moi aussi.

L'*okonomiyaki* est la spécialité d'Hiroshima. On l'y prépare dans d'immenses bouges en plein air, sur des plaques gigantesques d'où la fumée part dans la nuit. Malgré la relative fraîcheur du soir, le cuistot transpira abondamment dans la crêpe au chou qu'il cuisait sous nos yeux. Les gouttes de sueur contribuèrent au chef-d'œuvre. Jamais nous n'avions mangé d'aussi délectable *okonomiyaki*. Rinri en profita pour acheter au cuisinier un nombre remarquable de cartons de sauce aux prunes amères.

Ensuite, la chambre d'hôtel fut pour moi prétexte à dire bien des phrases extraites du livre de Duras. Rinri sembla les apprécier davantage. On ne dira jamais assez combien je me suis dévouée pour la littérature française.

DÉBUT juillet, ma sœur me rejoignit pour un mois de vacances. Je crus mourir de joie en la retrouvant. Pendant une heure, notre étreinte ne fut que borborygmes animaux.

Le soir, Rinri attendait devant chez moi dans la Mercedes blanche. Je lui présentai ce que j'avais de plus précieux au monde. L'un et l'autre étaient atrocement intimidés. Ce fut moi qui dus faire les frais de la conversation.

Quand je me retrouvai seule avec Juliette, je lui demandai ce qu'elle pensait de Rinri.

– Il est maigre, dit-elle.

– Mais encore ?

Je n'obtins pas grand-chose d'autre. Je téléphonai au garçon :

– Alors, tu la trouves comment ?

– Elle est maigre, dit-il.

Je n'obtins pas grand-chose d'autre. Passé l'hypothèse du coup monté, je m'indignai en mon for intérieur : quel pauvre jugement ! Oui, certes, ils étaient maigres, et après ? N'avaient-ils rien de plus intéressant à me sortir ? Moi, ce qui me frappait le plus ce n'était pas leur maigreur : c'étaient la beauté et la magie de ma sœur, c'étaient la délicatesse et la bizarrerie de Rinri.

Nulle hostilité pourtant dans leur observation réciproque : ils s'apprécièrent d'emblée. Après coup, je leur donne raison. Si j'examine mon passé, je remarque que cent pour cent des êtres qui ont joué dans ma vie un rôle important étaient maigres. Si ce n'était évidemment pas leur caractéristique principale, c'est le seul point commun qui les relie. Cela doit vouloir dire quelque chose.

Certes, j'ai croisé sur ma route bien des maigreurs qui n'ont pas changé le cours de mon destin. J'ai d'ailleurs vécu au Bangladesh où la majorité de la population est squelettique : une existence ne peut pas en incorporer tant d'autres, même étiques. Mais sur mon lit de mort, les silhouettes qui défileront dans ma mémoire seront toutes mincissimes.

Si j'ignore quelle signification cela peut revêtir, je soupçonne de ma part un choix, conscient ou non. Dans mes romans, les êtres aimés sont toujours d'une minceur extrême. Pour autant, il ne faudrait pas en conclure que cela me suffit. Il y a deux ans, une jeune dinde dont je tairai l'identité vint s'offrir à moi, à un titre que je préfère ignorer. Voyant ma consternation, la dindonne pivota devant moi afin de mettre en valeur sa sveltesse et déclara, je le jure :

— Vous ne trouvez pas que je ressemble à l'une de vos héroïnes ?

Été 1989, donc. Je congédiai mon maigre amoureux pour un mois : Juliette et moi partions effectuer notre pèlerinage.

Un train nous conduisit dans le Kansaï. La province était toujours aussi belle. Néanmoins, je ne souhaite à personne un tel voyage.

C'est un miracle que j'ai survécu à ce crève-cœur. Sans la présence de ma sœur, jamais je n'aurais eu le courage de retourner sur les lieux de notre enfance. Sans la présence de ma sœur, je serais morte de chagrin dans le village de Shukugawa.

Le 5 août, Juliette retourna en Belgique. Je m'enfermai plusieurs heures pour hurler comme une bête. Quand ma poitrine fut vidée des cris qu'elle contenait, je téléphonai à Rinri. Il eut la bonté de me cacher sa joie, car il savait ma souffrance. La Mercedes blanche vint me chercher.

Il me conduisit au parc Shirogane.

– La dernière fois que nous sommes venus ici, c'était avec Rika, dis-je. As-tu profité de notre séparation pour aller la voir ?

– Non. Elle n'est pas la même, là-bas. Elle joue un rôle.

– Qu'as-tu fait alors ?

– J'ai lu un livre en français sur les chevaliers de l'ordre du Temple, déclara-t-il avec exaltation.

– C'est bien.

— Oui. Et j'ai décidé de devenir l'un d'entre eux.

— Je ne comprends pas.

— Je veux devenir Templier.

Je passai le reste de la promenade à expliquer à Rinri l'inopportunité de son ambition. Sous Philippe le Bel, en Europe, cela aurait eu du sens. À Tokyo, en 1989, de la part du futur directeur d'une école de joaillerie réputée, c'était absurde.

— Je veux être Templier, s'entêtait Rinri désolé. Je suis sûr qu'il y a déjà un ordre du Temple, au Japon.

— Moi aussi, pour la simple raison qu'il y a tout dans ton pays. Tes compatriotes sont si curieux que, quelle que soit sa passion, on trouve ici avec qui la partager.

— Pourquoi ne serais-je pas Templier ?

— Ça sonne comme une secte, aujourd'hui.

Il soupira, vaincu.

— Et si nous allions manger des nouilles chinoises ? finit par proposer mon aspirant à l'ordre du Temple.

— Excellente idée.

Pendant le repas, je tentai de lui raconter *Les Rois maudits*. Le plus difficile à expliquer fut l'élection du pape.

– Cela n'a changé en rien. On réunit toujours un conclave, les cardinaux sont toujours enfermés ensemble…

Emportée par mon sujet, je ne lui épargnai aucun détail. Il m'écoutait en aspirant ses nouilles. Au terme de mon exposé, je demandai :

– Au fond, qu'est-ce que les Japonais pensent du pape ?

D'habitude, quand je posais une question à Rinri, il réfléchissait avant de répondre. Là, il ne réfléchit pas une seconde et dit :

– Rien.

Ce fut énoncé d'une voix si neutre que j'éclatai de rire. Nulle insolence dans son ton définitif, rien qu'un constat d'évidence.

Depuis, chaque fois qu'il m'arrive de voir un pape à la télévision, je songe : « Et voici celui au sujet duquel cent vingt-cinq millions de Japonais ne pensent rien », phrase qui me donne toujours envie de rigoler.

Du reste, vu la curiosité nippone pour les particularités étrangères, il est à peu près certain que la phrase de Rinri admettait de nombreuses exceptions. Mais je crois avoir eu raison de dissuader d'entrer dans l'ordre du Temple un être qui s'intéressait si peu à son ennemi majeur.

— DEMAIN, je t'emmène à la montagne, m'annonça Rinri au téléphone. Mets tes chaussures de marche.

— Ce n'est peut-être pas une bonne idée, dis-je.

— Pourquoi ? Tu n'aimes pas la montagne ?

— Je suis une amoureuse de la montagne.

— Allons, c'est décidé, trancha-t-il, indifférent à mes paradoxes.

À peine eut-il raccroché que je sentis monter ma fièvre : les montagnes du monde entier, à plus forte raison celles du Japon, exercent sur moi une séduction alarmante. Je savais pourtant que l'aventure ne serait pas sans risque : passé mille cinq cents mètres d'altitude, je deviens quelqu'un d'autre.

Le 11 août, la Mercedes blanche m'ouvrit sa portière.

– Où allons-nous ?

– Tu verras.

Moi qui n'ai jamais été douée pour les idéogrammes, j'ai toujours pu lire les noms de lieux. Cette grâce me fut bien utile lors de mes périples nippons. Ainsi, après une très longue route, mes soupçons se confirmèrent :

– Le mont Fuji !

C'était mon rêve. La tradition affirme que tout Japonais doit avoir gravi le mont Fuji au moins une fois dans sa vie, faute de quoi il ne mérite pas si prestigieuse nationalité. Moi qui désirais ardemment devenir nippone, je voyais dans cette ascension une astuce identitaire géniale. D'autant que la montagne, c'était mon territoire, mon terrain.

La voiture fut garée dans un gigantesque parking installé sur une plaine de lave, au-delà de laquelle plus aucun véhicule n'avait droit de circuler. L'affluence de cars m'impressionna qui témoignait du besoin des gens d'accéder au titre de Japonais véritable. Cela n'avait rien d'une formalité : il s'agissait de passer du niveau de la mer à une altitude de 3 776 mètres en moins d'une journée, puisque seuls le sommet et la base comportent de quoi héberger des dormeurs. Or, dans la foule entassée en ce début de montée, il y avait des vieillards, des enfants, des mamans portant des bébés – je repérai même une femme enceinte qui semblait au huitième mois. Comme quoi la nationalité japonaise a toujours une connotation héroïque.

Je regardai en l'air : c'était donc ça, le mont Fuji. J'avais enfin trouvé un endroit d'où il ne semblait pas magnifique, pour cette raison qu'on ne le voyait pas : sa base. Sinon, ce volcan est une invention sublime, que l'on voit d'à peu près partout, au point que je le pris parfois pour un hologramme. On ne compte plus le nombre de lieux sur Honshu d'où l'on a une vue superbe sur le mont Fuji : on compterait plus facilement les lieux d'où on ne le voit pas. Si les nationalistes avaient voulu créer un symbole fédérateur, ils auraient construit le mont Fuji. Impossible de le contempler sans ressentir le picotement mythique sacré : il est trop beau, trop parfait, trop idéal.

Sauf à son pied d'où il ressemblait à n'importe quelle montagne, une sorte de boursouflure informe.

Rinri avait son équipement : des bottines d'alpinisme, une combinaison pour explorer les étoiles, un piolet. Il regarda avec commisération mes baskets et mon jean et s'abstint de tout commentaire, peut-être pour ne pas retourner le fer dans la plaie.

– On y va ? dit-il.

Je n'attendais que cela et lâchai mes jambes qui aussitôt s'emballèrent. Il était midi sous le soleil et dans ma tête. Je gravissais, heureuse d'avoir tant à gravir. Les mille cinq cents premiers mètres furent les plus difficiles : le sol n'était que lave molle où le pied s'enfonçait. Comme on dit, il fallait le vouloir. Nous le voulions tous. Le spectacle des petits vieux qui montaient en file forçait le respect.

Dès mille cinq cents mètres, cela devint de la vraie montagne, avec des pierres et de la terre dure à ravir, entrecoupée de zones de caillasses noires. J'avais atteint l'altitude où je change d'espèce. J'attendis Rinri qui n'était qu'à deux cents mètres de moi et lui donnai rendez-vous au sommet.

Plus tard, il me dit :

– Je ne sais pas ce qui s'est passé alors. Tu as disparu.

Il avait raison. Au-delà de mille cinq cents mètres, je disparais. Mon corps se transforme en pure énergie et le temps qu'on se demande où je suis, mes jambes m'ont emportée si loin que je suis devenue invisible. D'autres ont cette propriété, mais je ne connais personne chez qui ce soit aussi insoupçonnable, car, de près ou de loin, je ne ressemble pas à Zarathoustra.

Or, c'est ce que je deviens. Une force surhumaine s'empare de moi et je monte en ligne droite vers le soleil. Ma tête résonne d'hymnes non pas olympiques, mais olympiens. Hercule est mon petit cousin souffreteux. Et encore là, je parle de la branche grecque de la famille. Nous, les mazdéens, c'est quand même autre chose.

Être Zarathoustra, c'est avoir à la place des

pieds des dieux qui mangent la montagne et la transforment en ciel, c'est avoir à la place des genoux des catapultes dont le reste du corps est le projectile. C'est avoir à la place du ventre un tambour de guerre et à la place du cœur la percussion du triomphe, c'est avoir la tête habitée d'une joie si effrayante qu'il faut une force surhumaine pour la supporter, c'est posséder toutes les puissances du monde pour ce seul motif qu'on les a convoquées et qu'on peut les contenir dans son sang, c'est ne plus toucher terre pour cause de dialogue rapproché avec le soleil.

Le destin, célèbre pour son humour, a voulu que je naisse belge. Être originaire du plat pays quand on appartient à la lignée zoroastrienne, c'est un pied de nez qui vous condamne à être un agent double.

Je dépassai des hordes de Japonais. Certains levaient le nez du sol pour regarder le bolide. Les vieillards disaient : « *Wakaimono* » (« jeune chose ») à la manière d'une explication. Les jeunes, eux, ne trouvaient rien à dire.

Quand j'eus dépassé tous les marcheurs, je

m'aperçus que je n'étais pas seule. Il y avait un autre Zarathoustra dans les grimpeurs du jour et il tenait absolument à faire ma connaissance : un GI américain basé à Okinawa qui était venu pour voir.

— Je finissais par croire que j'étais anormal, me dit-il, mais vous êtes une fille et vous montez comme moi.

Je ne voulus pas lui expliquer que, de toute éternité, il avait existé des zoroastriennes. Il ne méritait pas d'appartenir à la lignée : il était bavard et indifférent au sacré. Toutes les familles comportent ce genre d'erreur héréditaire.

Le paysage devenait sublime, j'essayai d'ouvrir les yeux de mon cousin américain sur cette splendeur. Il se contenta de dire :

— *Yeah, great country.*

Je devinai qu'il aurait eu un enthousiasme identique pour une assiette de pancakes.

Je voulus me débarrasser de lui en passant à la vitesse supérieure. Hélas, il me colla aux fesses en répétant :

— *That's a girl !*

Il était sympathique, c'est-à-dire pas zoroastrien pour deux sous. Je rêvais de retrouver ma solitude pour connaître le genre d'états d'âme mazdéo-wagnéro-nietzschéens qui convient à la situation. Impossible, avec mon GI qui parlait sans cesse et me demandait si la Belgique n'était pas le pays des tulipes. Jamais je ne maudis tant la présence militaire américaine à Okinawa.

À trois mille cinq cents mètres, poliment, je lui demandai de se taire, lui expliquant que c'était une montagne sacrée et que je voulais gravir les deux cent soixante-dix-sept mètres restants dans le recueillement. « *No problem* », dit-il. Je parvins à m'abstraire de sa compagnie et terminai l'ascension dans l'ivresse.

Au sommet commençait la lune, immense circonférence de pierre entourant le gouffre du cratère. On ne pouvait garder l'équilibre que si l'on marchait le long du disque. Si l'on se retournait, c'était à perte de vue la plaine japonaise sous le ciel bleu.

Il était quatre heures de l'après-midi.

– Qu'allez-vous faire maintenant ? me demanda le GI.

– J'attends mon amoureux.

La réponse eut l'effet espéré : l'Américain repartit aussitôt vers la plaine. Je soupirai d'aise.

Je marchai le long du cratère. Il aurait fallu un jour entier, me sembla-t-il, pour en parcourir la circonférence. Personne n'aurait osé s'aventurer en son centre : le volcan était éteint, mais le sacré hantait cette carrière de géants.

Je m'assis par terre face à l'endroit où arrivaient les pèlerins. Tout le monde escaladait par le même versant une montagne pourtant conique, je ne sais pas pourquoi. Peut-être uniquement en vertu d'un conformisme nippon auquel j'avais souscrit, puisque je voulais être japonaise. À part l'Américain et moi, je ne vis aucun étranger. Il était touchant d'observer les vieillards atteindre le sommet, très dignes, mais épatés par leur exploit, s'appuyant sur des bâtons.

Un octogénaire, qui arriva vers dix-huit heures, s'écria :

– Je suis un Japonais digne de ce nom à présent !

Ainsi, la guerre n'avait pas suffi à l'adoube-
ment. Seule une dénivellation de 3 776 mètres
donnait droit à ce titre.

Dans un pays où la population eût été moins
honnête, tant de gens se seraient attribué frau-
duleusement cette ascension qu'il eût fallu installer au bord du cratère un guichet distribuant
des certificats. Cela m'eût bien arrangée. Hélas,
je ne disposerais que de ma parole pour affir-
mer mon mérite ; nul doute qu'elle ne me vau-
drait rien.

Rinri n'arriva qu'à dix-huit heures trente.

– Tu étais là ! s'exclama-t-il, soulagé.

– Depuis très longtemps.

Il s'effondra sur le sol.

– Je n'en peux plus.

– Alors, tu es un vrai Japonais, maintenant.

– Comme si j'avais besoin de ça pour le
devenir !

Je notai la différence de point de vue entre
l'octogénaire et lui. La nationalité semblait
avoir perdu beaucoup de son prestige.

– Tu ne vas pas rester là, lui dis-je.

Et je le hissai pour le conduire au long refuge

où l'on pouvait se procurer des couchettes. Comme il me proposait des gâteaux secs et du soda fluorescent, je lui rappelai que nous nous réveillerions avant l'aube afin d'assister au lever du soleil.

– Comment as-tu fait pour monter si vite ? me demanda-t-il.

– C'est parce que je suis Zarathoustra, répondis-je.

– Zarathoustra. Celui qui parlait ainsi ?

– Voilà.

Rinri enregistra l'information sans étonnement et tomba endormi. Je le secouai pour le réveiller, j'avais envie de sa compagnie : autant chatouiller un mort. Comment aurais-je pu avoir sommeil ? J'étais au sommet du mont Fuji, c'était bien trop impressionnant pour que je ferme l'œil. Je sortis du refuge.

La nuit noyait désormais la plaine. Au loin, on apercevait un vaste champignon lumineux : Tokyo. Je tremblais de froid et d'émotion à voir ce raccourci nippon sous mes yeux : l'antique Fuji et la capitale futuriste.

Je m'allongeai à fleur de cratère et passai

mon insomnie à grelotter d'idées tellement plus grandes que moi. Dans le campement, tout le monde avait fini par s'endormir. Je voulais être celle qui verrait les premières lueurs.

En les attendant, je m'avisai d'un spectacle incroyable. Dès minuit, des processions lumineuses se mirent à gravir la montagne. Ainsi, il y avait des gens qui avaient le courage de faire l'ascension de nuit, sans doute pour éviter de séjourner trop longtemps dans le froid. En effet, la cérémonie à ne pas manquer, c'était le lever du soleil. Peu importait d'y être à l'avance. Les larmes aux yeux, je regardais ces lentes chenilles dorées qui serpentaient vers le faîte. Nul doute qu'elles n'étaient pas composées d'athlètes mais de personnes ordinaires. Comment ne pas admirer un tel peuple ?

Vers quatre heures du matin, tandis que les premiers marcheurs nocturnes arrivaient, des filaments de lumière apparurent dans le ciel. J'allai secouer Rinri qui grogna qu'il était déjà japonais et qu'il me donnait rendez-vous à la voiture en fin de journée. Je pensai que si je méritais d'être nippone, lui méritait d'être belge, et je retournai dehors. Un attroupement se constituait peu à peu face aux prémices du jour.

Je me joignis au groupe. Les gens se tenaient debout et guettaient l'astre dans le silence le plus profond. Mon cœur commença à battre très fort. Aucun nuage dans le ciel d'été. Derrière nous, l'abîme du volcan mort.

Soudain, un fragment rouge apparut à l'horizon. Un frémissement parcourut l'assemblée muette. Ensuite, à une vitesse qui n'excluait pas la majesté, le disque entier sortit du néant et surplomba la plaine.

Alors se produisit un phénomène dont le souvenir n'a pas fini de me bouleverser ; des centaines de poitrines réunies là, dont la mienne, s'éleva une clameur :

– Banzaï !

Ce cri était une litote : dix mille ans n'auraient pas suffi à exprimer le sentiment d'éternité japonaise suscité par ce spectacle.

Nous devions ressembler à un rassemblement d'extrême droite. Pourtant les braves gens qui étaient là devaient être aussi peu fascistes que vous et moi. En vérité, nous ne participions pas à une idéologie mais à une mythologie, et sûrement l'une des plus efficaces de la planète.

Les yeux emplis de larmes, je contemplai le drapeau nippon perdre peu à peu son rouge pour déverser son or dans l'azur encore blafard. Amaterasu n'était pas ma cousine.

Quand l'extase collective se fut un rien calmée, j'entendis un quidam dire :

— Il va falloir redescendre. Je trouve ça plus dur que monter. Il paraît que le record de descension est de cinquante-cinq minutes. Je me demande comment c'est possible, d'autant que l'épreuve est annulée en cas de chute : il faut tout parcourir sur ses pieds.

— Ça me semble aller de soi, dit un autre.

— Non. Le sol est si glissant qu'on pourrait descendre assis. J'ai vu une vieille dame le faire.

— Vous voulez dire que vous n'en êtes pas à votre première ascension ?

— C'est ma troisième. Je ne m'en lasse pas.

« Il mériterait plusieurs fois la nationalité japonaise », pensai-je. Ses propos n'étaient pas tombés dans l'oreille d'une sourde.

Je me postai face à l'astre et, à cinq heures trente précises, je me jetai dans la pente. J'avais éliminé mon frein. Ce que je vécus fut au-delà du grandiose : pour ne pas tomber, la solution consistait à avoir les jambes sans cesse en mouvement, à courir dans la lave, à avoir le cerveau aussi rapide que le pied, à ne pas interrompre une seconde la vigilance de sa démence, à rire pour ne pas chuter lors des inévitables glissades qui accéléraient la cadence ; j'étais un bolide lancé sous le soleil levant, j'étais mon propre sujet d'étude balistique, je hurlais à réveiller le volcan.

Quand j'arrivai au parking, il n'était pas encore six heures et quart : j'avais battu le record, et de beaucoup. Hélas, rien ne permettait de l'homologuer. Mon exploit ne serait jamais qu'un mythe personnel.

Un robinet me permit de laver mon visage noirci des projections de lave et de me désaltérer. Il ne me restait plus qu'à attendre Rinri. Cela risquait de prendre beaucoup de temps. Heureusement, il est impossible de s'ennuyer en regardant passer des êtres humains, surtout au Japon. Je m'assis par terre et contemplai pendant des heures ceux dont je me considérais presque comme la compatriote.

Il devait être quatorze heures quand Rinri me rejoignit. Il semblait en pièces détachées. Sans broncher, il me reconduisit à Tokyo dans la Mercedes.

Le lendemain, il me fit livrer vingt-deux roses rouges. Un billet les accompagnait : « Cher Zarathoustra, bon anniversaire ! » Il s'excusait de ne pas être un surhomme pour me les apporter en personne. Ses jambes endolories ne le portaient plus.

QUELQUES jours plus tard, Rinri m'annonça au téléphone que sa famille était partie pour un voyage d'une semaine. Il me pria de m'installer chez lui pendant cette période.

J'acceptai avec autant de curiosité que d'appréhension : jamais je n'avais fait un si long séjour en sa compagnie.

Il vint me chercher avec mon baluchon. Très intimidée, en arrivant au château de béton, je demandai :

– Où vais-je dormir ?

– Avec moi, dans le lit de mes parents.

Je protestai contre un tel impair. Rinri eut son habituel haussement d'épaules.

– Le lit de tes parents, quand même !

– Du moment qu'ils l'ignorent, dit-il.

– Moi, je ne l'ignore pas.

– Tu ne voudrais pas que nous dormions dans mon petit lit à une place ? Ce serait l'enfer.

– N'y a-t-il pas une autre possibilité ?

– Si. Dormir dans le lit de mes grands-parents.

L'argument porta. Vu le dégoût que m'inspiraient ses aïeux, j'acceptai avec soulagement de dormir dans le lit de ses parents.

C'était un gigantesque matelas à eau. De tels pièges étaient à la mode vingt années auparavant. On y connaissait un inconfort admirable.

– Intéressant, observai-je. Cela force à réfléchir au moindre de ses gestes.

– On se croirait sur le canot dans le film *Délivrance*.

– Exactement. La délivrance, c'est d'en sortir.

Rinri, qui avait prévu des menus exceptionnels, s'enferma dans la cuisine. Je me promenai dans le château de béton.

Pourquoi ne pouvais-je me débarrasser de la

conviction que j'y étais surveillée par une caméra ? Une impression d'œil invisible m'accompagnait. Je grimaçai vers le plafond, puis vers les murs : il ne se passa rien. L'ennemi était rusé qui feignait de ne pas remarquer mon inconduite. Méfiance.

Le garçon me surprit en train de tirer la langue à une peinture contemporaine.

– Tu n'aimes pas l'œuvre de Nakagami ? demanda-t-il.

– Si. C'est magnifique, dis-je avec un enthousiasme sincère envers la toile sublime d'obscurité.

Rinri dut en conclure que les Belges montraient leur langue aux tableaux qui les bouleversaient.

Sur la table, m'attendaient des mets recherchés : épinards au sésame, chaud-froid d'œufs de caille au chiso, oursins. J'y fis honneur, mais remarquai que lui ne mangeait rien :

– Eh bien ?

– Je n'aime pas ces plats.

– Pourquoi les as-tu préparés ?

– Pour toi. J'aime te regarder manger.

— Moi aussi j'aime te regarder manger, dis-je en croisant les bras.

— S'il te plaît, mange encore, c'est si beau.

— Je fais la grève de la faim aussi longtemps que tu n'apporteras pas ta nourriture.

J'étais au supplice, non seulement de le peiner, mais surtout de m'abstenir de dévorer ces merveilles qui aimantaient mes yeux.

Désolé, Rinri alla dans la cuisine et en revint avec du salami italo-américain et un pot de mayonnaise. Je pensai : « Non, il ne va pas faire ça quand même. » Et pourtant si : il mangea chaque tranche de salami avec un centimètre de mayonnaise dessus. Vengeance ou provocation ? Je simulai l'indifférence et continuai à déguster ces trésors de finesse, tandis qu'il gloussait de joie à dévorer ce cauchemar. Il surprit mon air pétrifié et demanda, narquois :

— Ne voulais-tu pas que je mange ?

— Je suis enchantée, mentis-je. Nous mangeons chacun ce que nous préférons, c'est très bien.

— J'ai envie d'inviter tous mes amis pour te les présenter. Tu es d'accord ?

J'acceptai. La soirée fut fixée à cinq jours plus tard.

C'étaient les vacances. Je ne mis pas un pied hors du château de béton. Rinri me traitait comme une princesse. Dans le salon, sous le tableau de Nakagami, il m'avait installé une écritoire en laque. Je n'avais jamais griffonné dans de pareilles conditions qui, du reste, ne me convenaient guère. Pour créer, rien de tel que le matériel bas de gamme, voire de rebut. La laque déteignait sur mes doigts, je tachais mon manuscrit.

Rinri me regardait avec hébétude, mon stylo se figeait. Alors Rinri, d'un air implorant, faisait le geste d'écrire, et je comprenais qu'il suffisait de noter n'importe quoi, il était si content. Comme le héros de *Shining*, j'écrivis mille fois que j'étais en train de devenir folle. Mais aucune hache dans les environs ne me permit de poursuivre cette imitation.

Jusqu'à présent, la seule forme de vie à deux que j'avais connue avait été avec ma sœur. Mais celle-ci était à ce point mon double que ce n'était pas une vie à deux, plutôt l'existence sans quête d'un être parfait.

Ce que je connaissais avec Rinri était neuf qui s'articulait autour du partage d'une gêne charmante. Cette vie à deux ressemblait au matelas à eau sur lequel nous dormions : démodée, inconfortable et drôle. Notre lien consistait à éprouver ensemble un émouvant malaise.

Chaque fois qu'il me déclarait belle, Rinri interrompait tout : je devais garder, quelle qu'elle fût, la pose qui ne manquait jamais d'étrangeté. Le garçon marchait alors autour de moi en lâchant des « oh ! » bouleversés. Je ne comprenais pas. Un jour, j'entrai dans la cuisine où il s'affairait. Une tomate me tenta, j'y plantai les dents. Il poussa un cri, je crus que c'était un de ces fameux cas de beauté et figeai mon geste. Il m'arracha la tomate et dit que ce fruit corromprait mon teint. De la part d'un mangeur de salami-mayonnaise, je trouvai le propos énorme et récupérai la tomate. Il soupira des choses désespérées sur la fugacité de la blancheur.

Parfois, le téléphone sonnait. Il décrochait

à la japonaise, à savoir en disant si peu de
choses que c'en était suspect. Les conversa-
tions duraient au maximum dix secondes. Je
ne connaissais pas encore cet usage nippon et
songeai à nouveau qu'il appartenait à la Yakusa,
comme sa Mercedes immaculée l'avait laissé
supposer. Il partait faire les courses en voiture
et revenait deux heures plus tard avec trois
racines de gingembre. Ces emplettes cachaient
sûrement un coup. D'ailleurs, grâce à sa sœur,
il avait des liens avec la pègre californienne.

Plus tard, quand son innocence fut hors de
doute, je sus que la vérité était beaucoup plus
incroyable : il mettait réellement deux heures
à choisir trois racines de gingembre.

Le temps passait peu. J'étais libre de sortir,
mais je n'y songeais pas. Ce séjour hiératique
me fascinait. Quand Rinri partait pour ses
mystérieuses équipées, j'aurais voulu profiter
de ma solitude pour commettre quelque mauvaise action : je tournais dans le château de
béton, cherchant la possibilité de nuire, ne la
trouvant pas. De guerre lasse, j'écrivais.

Il revenait. Je l'accueillais cérémonieusement

en l'appelant *Danasama* (Excellence, mon maître). Il protestait de son infériorité en se prosternant et en se qualifiant de « ton esclave ». Après nos singeries, il me montrait ce qu'il rapportait.

— Trois racines de gingembre, c'est magnifique ! m'extasiais-je.

Je me voyais déjà participant à un colloque sur les épouses des grands criminels. « Comment avez-vous su que votre fiancé était un caïd ? »

J'essayais de décoder ses comportements. Il en avait de très curieux. Il installait au milieu du salon un vaste baquet de bambou contenant du sable. Il en lissait la surface puis, debout, y traçait des signes cabalistiques à l'aide de son pied nu.

Je tentais de déchiffrer ce qu'il écrivait ainsi, mais, pris de pudeur, il l'effaçait de son talon. Cela confirmait la thèse du banditisme, me semblait-il. Feignant l'innocence, je lui demandai à quoi rimaient ces calligraphies.

— C'est pour me concentrer, disait-il.

— Te concentrer en vue de quoi ?

– De rien. On a toujours besoin d'être concentré.

Cela n'avait pas l'air de marcher : il était perpétuellement dans la lune. Cela finit par me rappeler quelqu'un.

– Le Christ, lors de l'épisode de la femme adultère, trace des signes par terre avec son pied, dis-je.

– Ah, commenta-t-il avec l'indifférence profonde que lui inspirait tout sujet religieux (sauf l'ordre des Templiers, allez savoir pourquoi).

– Sais-tu que sur la croix du supplice, les Romains avaient inscrit, au-dessus de Jésus, INRI ? À une lettre près, c'est ton nom.

Et je lui expliquai l'acronyme. Je parvins à l'intéresser.

– Pourquoi ai-je une lettre de plus ? demanda-t-il.

– Peut-être parce que tu n'es pas le Christ, suggérai-je.

– Ou alors le Christ avait une initiale de plus. Le R du début pourrait être celui de rônin.

– Connais-tu beaucoup d'expressions qui

mêlent le japonais au latin ? demandai-je avec ironie.

— Si le Christ revenait aujourd'hui, il ne se contenterait pas de parler une seule langue.

— Oui, mais il ne parlerait pas latin.

— Pourquoi pas ? Il mélangerait les époques.

— Et tu trouves que ce serait un rônin ?

— À fond. Surtout quand il est crucifié et qu'il dit : « Pourquoi m'as-tu abandonné ? » Phrase digne d'un samouraï sans maître.

— Tu t'y connais. Tu as lu la Bible ?

— Non. C'était dans le livre *Comment devenir Templier*.

Ce titre me donna à penser que j'étais arrivée à temps.

— Il y a un livre nippon qui s'intitule comme ça ?

— Oui. Tu m'as ouvert les yeux. Je suis le samouraï Jésus.

— En quoi ressembles-tu au Christ ?

— Nous verrons bien. Je n'ai que vingt et un ans.

Cette conclusion qui lui laissait le champ libre m'amusa.

Vint le jour du dîner avec ses amis. Dès le matin, Rinri s'excusa de devoir m'abandonner et s'exila dans la cuisine.

À part Hara et Masa, je ne savais pas qui j'allais rencontrer. Les deux précités n'avaient pas l'air de yakusas, mais Rinri non plus. Les autres auraient peut-être davantage le physique de l'emploi.

Je méditai longuement devant l'immense tableau de Nakagami. Pour contempler cette splendeur obscure, même la musique la plus maigre eût gêné.

Vers dix-huit heures, je vis Rinri trempé de sueur émerger de ses casseroles et mettre le couvert sur une longue table. Je proposai de l'aider, il me l'interdit. Ensuite il fonça prendre une douche et me rejoignit. À dix-huit heures cinquante-cinq, il m'annonça l'arrivée des invités.

— Les as-tu entendus ? demandai-je.

— Non. Je les ai invités pour dix-neuf heures

139

quinze. Cela signifie qu'ils seront là à dix-neuf heures.

À dix-neuf heures pile, un coup de gong synthétisé confirma cette ponctualité. Onze garçons attendaient derrière la porte, qui n'étaient pourtant pas arrivés ensemble.

Rinri les fit entrer, salua brièvement puis disparut dans la cuisine. Hara et Masa me gratifièrent d'un signe de tête. Les neuf autres se présentèrent. Le salon était juste assez grand pour nous contenir. Je servis les bières que Rinri avait préparées.

Tout le monde me regardait en silence. Je tentai de susciter la conversation de ceux que je connaissais déjà, en vain, puis de ceux que je ne connaissais pas encore, peine perdue. Intérieurement, j'implorai Rinri de passer à table afin que sa présence dissipe cette gêne. Mais les préparatifs ne devaient pas être finis.

Le mutisme pesait tant que je me mis à monologuer sur le premier sujet venu :

– Je n'aurais jamais cru que les Japonais aimaient tant la bière. J'ai vérifié ce soir ce que j'avais déjà remarqué bien des fois : quand on vous propose une boisson, vous choisissez toujours la bière.

Ils m'écoutaient avec politesse et ne disaient rien.

– Les Japonais buvaient-ils déjà de la bière dans le passé ?

– Je ne sais pas, dit Hara.

Les autres secouèrent la tête pour confirmer leur ignorance. Le silence se réinstalla.

– En Belgique, nous buvons beaucoup de bière aussi.

J'espérais que Hasa et Masa se rappelleraient mon cadeau de notre soirée précédente et en parleraient, mais il n'en fut rien. J'en vins à reprendre la parole et dis tout ce que je savais sur les bières de mon pays. Les onze garçons se conduisirent comme si on les avait conviés à une conférence, m'écoutant respectueusement ; je redoutai que l'un d'eux sortît un carnet pour noter. C'est peu dire que je me sentais ridicule.

Dès que je me taisais, cela recommençait. Les onze jeunes gens semblaient incommodés par ce silence : aucun, cependant, ne se serait dévoué pour m'aider. Parfois j'expérimentais leur attitude, les poussant jusqu'aux derniers retranchements de leur mutisme ; cinq minutes, montre en main, s'écoulaient, sans un mot. Quand nous avions tous atteint le sommet du supplice, je relançais comme je pouvais :

— Il y a aussi la Rodenbach, qui est une bière rouge. On l'appelle la bière-vin.

Aussitôt, ils respiraient mieux. Je finis par espérer qu'ils me traiteraient comme une conférencière véritable et me poseraient des questions.

Quand Rinri nous appela à table, je soupirai de soulagement. Nous nous assîmes selon un plan oblong dont j'occupais le centre et je m'aperçus qu'il ne restait plus de place pour le maître des lieux.

— Tu as oublié de mettre un couvert pour toi, lui murmurai-je.

— Non.

Il s'en fut aussitôt dans la cuisine et je ne pus en savoir davantage. Il revint avec un plateau de merveilles qu'il disposa devant nous :

beignets de pissenlits, feuilles de chiso farcies aux racines de lotus, fèves confites aux cédrats, crabes nains frits à croquer entiers. Quand il nous eut versé du saké tiède à chacun, il disparut et referma la porte de la cuisine.

C'est alors que je compris : je serais la seule hôtesse de ce dîner. Rinri, telle une épouse japonaise, resterait cloîtré à la place dévolue aux esclaves.

Visiblement, j'en fus l'unique étonnée, à moins que la politesse des invités ne les empêchât de manifester leur surprise. Un murmure flatteur salua la finesse des plats. J'espérais au moins que cette excellente chère leur délierait la langue. Il n'en fut rien. Chaque mets fut dégusté dans un silence religieux.

J'approuvais cette attitude. J'ai toujours trouvé révoltante cette contrainte de parler alors que l'on savoure des prodiges gastronomiques. Pensant que Rinri m'avait quand même sauvée en fin de compte, je me recueillis et me pourléchai sans rien dire.

Après cette extase alimentaire, je m'aperçus que les convives me regardaient d'un air un peu incommodé et interrogateur : ils semblaient ne pas comprendre pourquoi je ne m'occupais plus d'eux. Je décidai de faire la grève de la parole. S'ils voulaient parler, qu'ils parlent ! Après ma conférence sur la bière belge, j'avais bien droit à mon repos et à mon repas. J'avais rendu mon tablier oratoire.

Rinri passa reprendre les plats vides et apporter à chacun un bol laqué de bouillon d'orchidées. Je le félicitai avec ferveur pour son œuvre. Les autres avaient à ce point enregistré son rôle d'épouse japonaise qu'ils se contentèrent d'un mot élogieux. L'esclave baissait les yeux avec modestie et courut s'enfermer dans son ergastule sans prononcer une parole.

Le bouillon d'orchidées était aussi ravissant qu'insipide. Après la contemplation, il n'y avait plus de quoi s'occuper. Le silence redevint oppressant.

Ce fut alors que Hara me dit cette chose incroyable :

– Donc, vous en étiez à la bière-vin.

Ma cuiller s'immobilisa dans les airs et je compris : on m'intimait de reprendre ma conférence. Plus exactement, on avait décrété que j'étais ce soir la conversationneuse.

Les Nippons ont inventé ce métier formidable : faire la conversation. Ils ont remarqué que la plaie des dîners est ce fastidieux devoir de parole. Au Moyen Âge, lors des banquets impériaux, tout le monde se taisait et c'était très bien ainsi. Au XIXᵉ siècle, la découverte des usages occidentaux incita les gens distingués à parler à table. Ils découvrirent aussitôt l'ennui de cet effort qui fut un temps dévolu aux geishas. Ces dernières ne tardèrent pas à se raréfier et l'ingéniosité japonaise trouva la solution en créant l'emploi de conversationneur.

Celui-ci reçoit, avant chaque mission, un dossier contenant le plan de table et l'identité des convives. Il lui appartient de se renseigner sur chacun dans les limites de la bienséance. Lors du repas, le conversationneur, muni d'un micro, tourne autour du festin en disant : « *Monsieur Toshiba ici présent, président de la société bien connue, dirait probablement à monsieur Sato, qui fut dans la même promotion que lui au collège, qu'il a peu changé depuis cette* *époque. Ce dernier lui répondrait que la pratique intensive du golf aide à garder la forme, comme il le disait encore le mois passé dans l'*Asahi Shimbun. *Et monsieur Horié lui suggérerait à l'avenir d'accepter plutôt les interviews du* Mainichi Shimbun *où il exerce la fonction de rédacteur en chef…* »

Ce bla-bla, certes peu intéressant, mais pas moins que celui de nos dîners occidentaux, comporte l'avantage incontestable de permettre aux invités de manger en paix sans se forcer à parler. Le plus surprenant est qu'on écoute le conversationneur.

— On fabrique encore à Bruxelles une gueuse artisanale…, dis-je.

C'était reparti. Les amis de Rinri montrèrent sans tarder des signes de contentement. L'ensemencement de la cervoise par les levures naturelles les passionna d'autant plus qu'il y avait eu une interruption. En mon for intérieur, je regrettai de ne pas être syndiquée : j'étais une conversationneuse sans salaire, comble des combles, je n'avais reçu aucun dossier sur ces gens, alors comment voulez-vous que j'exerce mon métier dans de telles conditions ?

Je l'exerçai néanmoins avec courage, non sans réserver à Rinri un chien de ma chienne. Celui-ci débarrassa les bols de consommé de catleya et les remplaça, pour ma plus grande frustration, par des ramequins individuels de *chawan mushi*, et moi qui vendrais père et mère pour ce flan de fruits de mer et de champignons noirs au fumet de poisson qu'il faut manger brûlant, je sus que je ne pourrais en avaler une bouchée, car j'en étais à expliquer pourquoi l'Orval est la seule trappiste à boire à température ambiante.

C'était une version belge de la Cène, où un Christ du plat pays brandissait un calice, empli non de vin mais de bière, et disait : Ceci est mon sang, la blanche de l'Alliance nouvelle et éternelle, versée pour vous et pour la multitude en rémission des péchés, vous ferez ceci en mémoire de mon sacrifice, parce que pendant que vous ripaillez vos coquilles Saint-Jacques, y en a qui bossent, quant au treizième qui se cache derrière ses fourneaux et qui n'ose même pas venir me donner le baiser de Judas, il ne perd rien pour attendre.

Celui qui avait osé se prétendre le samouraï Jésus apporta le dessert, du blanc-manger au thé de cérémonie dont je ne vis pas la couleur, car j'en étais à ma péroraison :

– Beaucoup des bières dont j'ai parlé ce soir sont en vente chez Kinokunya et même certaines d'entre elles au supermarché Azabu.

J'eus droit à mieux qu'un tonnerre d'applaudissements : je m'aperçus qu'ils terminaient leur repas en un parfait confort mental, bercés par le bruit de fond que ma conférence leur avait assuré. Ils avaient atteint cette réplétion des sens que peut apporter un festin dégusté dans une tranquillité absolue. Je n'avais pas été inutile.

Ensuite, Rinri nous pria d'aller dans le salon et se joignit à nous pour le café. Dès qu'il fut parmi nous, les invités redevinrent des jeunes gens de vingt et un ans venus passer la soirée chez leur camarade : ils se mirent à deviser le plus naturellement du monde, à rire, à écouter Freddy Mercury en fumant, à s'affaler jambes écartées. Moi qui avais dû affronter le silence de onze bonzes d'une raideur sans faille, je sentis le désespoir m'envahir.

Je m'effondrai sur un canapé, aussi K.-O. que si j'avais bu toutes les bières dont j'avais parlé et n'émis plus un son jusqu'au départ des envahisseurs. J'avais envie d'étrangler Rinri : ainsi, il eût suffi qu'il nous honore de sa présence pendant les trois heures précédentes pour m'épargner cette épreuve ! Comment allais-je m'empêcher de l'assassiner ?

Quand les intrus eurent pris congé, je respirai un grand coup afin de garder mon calme.

– Pourquoi m'as-tu laissée seule avec eux pendant trois heures ?

– Pour que vous fassiez connaissance.

– Tu aurais dû m'expliquer le mode d'emploi. Malgré mes efforts, ils n'ont pas dit un mot.

– Ils t'ont trouvée très amusante. Je suis content : mes amis t'aiment et la soirée était géniale.

Découragée, je me tus.

Le garçon dut comprendre car il finit par me dire :

– On annonce un typhon pour le week-end. Nous sommes vendredi soir, mes parents reviennent lundi. Si tu veux, je ferme les volets, je ne les rouvre plus avant lundi. Je barricade la porte. Plus personne n'entre, plus personne ne sort.

Le plan me séduisit. Rinri hissa le pont-levis et appuya sur le bouton qui actionnait les persiennes. Le monde extérieur cessa d'exister.

TROIS jours plus tard, la réalité reprit ses droits. J'ouvris les fenêtres et écarquillai les yeux.

– Rinri, viens voir.

Le jardin était dévasté. L'arbre des voisins s'était abattu sur le toit de la maison où il manquait désormais des tuiles. Une fissure fendait la terre.

– On dirait que Godzilla nous a rendu visite, commentai-je.

– Je crois que le typhon a été plus fort que prévu. Sans doute y a-t-il eu un tremblement de terre.

Je regardai le garçon en réprimant mon envie de rire. Il eut un sourire sobre et rapide. J'appréciai qu'il fût si peu hâbleur.

— Allons effacer les traces de notre passage dans la chambre des parents, se contenta-t-il de dire.

— Je vais t'aider.

— Va plutôt t'habiller. Ils arrivent dans un quart d'heure.

Pendant qu'il nettoyait les écuries d'Augias, je mis la plus légère de mes robes : il faisait une chaleur étouffante.

D'une efficacité admirable, Rinri rendit aux lieux leur aspect originel en un temps record et fut à mes côtés pour accueillir sa famille.

Nous leur disions les formules d'usage en nous inclinant quand les grands-parents et la mère me montrèrent du doigt en hurlant de rire. Morte de honte, je m'inspectai des pieds à la tête, en me demandant ce que j'avais de spécial, mais je ne vis rien.

Les vieillards m'avaient rejointe et touchaient la peau de mes jambes en criant :

— *Shiiroi hashi ! Shiiroi hashi !*

— Oui, mes jambes sont blanches, balbutiai-je.

La mère sourit, et me dit narquoise :

– Chez nous, quand une fille porte une robe courte, elle met des collants, surtout si ses jambes sont tellement blanches.

– Des collants, par cette chaleur ? m'exclamai-je.

– Oui, par cette chaleur, répondit-elle d'une voix pincée.

Poli, le père changea de sujet de conversation en regardant le jardin.

– Je m'attendais à ce que les dégâts soient pires. Le typhon a tué des dizaines de gens sur la côte. À Nagoya, nous n'avons rien senti. Et vous ?

– Rien, dit Rinri.

– Toi, tu as l'habitude. Mais vous, Amélie, vous n'avez pas eu peur ?

– Non.

– Vous êtes une fille courageuse.

Tandis que la famille reprenait possession de ses pénates, Rinri me reconduisit chez moi. À mesure que nous nous éloignions du château de béton, j'avais l'impression de retrouver le monde réel. Pendant sept jours j'avais vécu à l'écart du bruit de la ville, sans autre vue qu'un

minuscule jardin zen et un tableau crépuscu-
laire de Nakagami. J'avais été traitée comme
peu de princesses le sont. Par comparaison,
Tokyo me paraissait familière.

Le typhon et le séisme n'y avaient pas laissé
de traces perceptibles. Ce sont là-bas choses
courantes.

C'était la fin des vacances. Je retournai à mes
cours de japonais.

SEPTEMBRE me voua aux moustiques. Mon sang devait leur plaire, ils étaient tous sur moi. Rinri remarqua le phénomène et assura que j'étais la meilleure protection contre cette plaie d'Égypte : ma compagnie agissait comme un paratonnerre.

J'avais beau m'enduire de citronnelle ou d'onguents répulsifs, l'attrait que j'exerçais sur eux l'emportait. Je me souviens de soirées folles où, en plus de la touffeur, j'avais à endurer ces morsures innombrables. L'alcool camphré me soulageait peu. Très vite, je découvris la seule stratégie : l'acceptation. Accueillir les démangeaisons, ne surtout pas se gratter.

À force de tolérer l'intolérable, la sensation devint gratifiante : les démangeaisons acceptées finissaient par exalter l'âme et inoculer un bonheur héroïque.

Au Japon, pour éloigner les moustiques on brûle des *katorisenko* : je n'ai jamais su de quoi se composaient ces petites spirales vertes dont la lente combustion chasse les parasites. J'en allumais aussi, ne fût-ce que pour la joliesse de ce curieux encens, mais mon pouvoir de séduction était tel que les moustiques ne se laissaient pas dissuader par si peu. Je recevais l'énorme charge d'amour de cette gent vrombissante avec une résignation qui, le supplice passé, se muait en grâce. Le sang me chatouillait de plaisir : il y a une volupté au fond de ce qui lancine.

À la faveur de cette expérience, je compris les temples aux moustiques que j'avais vus en Inde dix ans plus tôt : les parois comportaient des trappes où les fidèles offraient leur dos à mille piqûres à la fois. Je m'étais toujours demandé comment les moustiques pouvaient ripailler dans cette promiscuité qui dépassait de loin celle de l'orgie, et aussi comment on pouvait aimer ces divinités ailées, au point de se donner ainsi en pâture. Le plus fascinant restait d'imaginer le dos boursouflé suite à cette bacchanale d'insectes.

Certes, je ne serais jamais allée jusqu'à susciter ce martyre. Pour autant, je découvrais qu'on pouvait s'y résigner de façon enthousiasmante. Le mot « démangeaison » devenait enfin justifié : j'offrais non plus à manger, mais à démanger, il y avait dans mon sang de quoi démanger pour un banquet de bestioles volantes ; j'étais, faute de choix, un festin consentant.

Mon stoïcisme en sortit renforcé : ne pas se gratter est une grande école pour l'âme. Ce n'en était pas moins dangereux. Une nuit, le poison des moustiques m'intoxiqua à ce point le cerveau que, sans explication, je me retrouvai nue devant chez moi à deux heures du matin. Par miracle, la ruelle était déserte et personne ne me vit. Je réintégrai mon logis dès que la conscience me revint. Être la maîtresse de mille insectes nippons prêtait à conséquence.

En octobre la chaleur tomba. L'automne commença dans sa splendeur abusive. Lorsqu'on me demande en quelle saison visiter le Japon, je réponds toujours : en octobre. La perfection de l'esthétique et du climat y est alors assurée.

L'érable nippon surpasse le canadien en beauté. Pour complimenter mes mains, Rinri recourait à l'expression traditionnelle :

– Tes mains ont la perfection de la feuille d'érable.

– En quelle saison ? interrogeais-je, me demandant s'il valait mieux les avoir vertes, jaunes ou rouges.

Il m'invita à visiter son université, qui n'avait rien de prestigieux, mais dont les jardins valaient le détour. Je m'habillai d'une longue robe de velours noir, tant je voulais être à la hauteur des ravissantes étudiantes japonaises que je ne manquerais pas de croiser.

– On dirait que tu vas au bal, remarqua Rinri.

En dehors des onze universités réputées, le pays fleurissait de mille établissements si peu difficiles qu'on les appelait « les universités de gare », car il y en avait autant que de gares, ce qui n'est pas peu prétendre en cette terre ferroviaire. Il me fut donc donné d'explorer l'une d'entre elles, où Rinri passait quelques années de vacances.

C'était une luxueuse colonie où flânaient des jeunes gens sans occupation. Les filles arboraient des tenues si excentriques que je fus invisible. Il se dégageait de ces lieux une douce atmosphère de sanatorium.

De trois à dix-huit ans, les Japonais étudient comme des possédés. De vingt-cinq ans à la retraite, ils travaillent comme des forcenés. De dix-huit à vingt-cinq ans, ils sont très conscients de vivre une parenthèse unique : il leur est donné de s'épanouir. Même ceux qui ont réussi le terrible examen d'entrée de l'une des onze universités sérieuses peuvent un peu souffler : seule la sélection première importait vraiment. À plus puissante raison, ceux qui fréquentent une université de gare.

Rinri m'installa sur un muret et s'assit à mes côtés.

– Regarde, on a une belle vue sur le métro aérien. C'est ici que je viens rêver en l'observant.

J'admirai poliment puis dis :

159

— Est-ce qu'il y a des cours parfois ?

— Oui. Nous y allons.

— Cours de quoi ?

— Mmmmm. C'est difficile à dire.

Il me conduisit dans une classe lumineuse, clairsemée d'étudiants engourdis.

— Cours de civilisation, finit-il par répondre.

— Quelle civilisation ?

Profonde réflexion.

— Américaine.

— Je pensais que tu étudiais le français.

— Oui. C'est intéressant, la civilisation américaine.

Je compris que la discussion se situait en dehors de toute logique.

Entra un professeur d'âge moyen qui prit place sur l'estrade. Si j'essaie de me rappeler son exposé, il ne me revient que ceci : il parla de choses et d'autres. Les étudiants l'écoutaient sans broncher. Ma présence parut indisposer l'enseignant qui, à la fin du cours, s'approcha pour me dire :

— Je ne parle pas anglais.

— Je suis belge, répondis-je.

Cela ne sembla pas le rassurer. La Belgique, ce devait être pour lui l'un de ces obscurs États américains que personne n'évoquait jamais, genre Maryland. J'étais sûrement là pour contrôler ses informations, d'où sa méfiance.

– C'était intéressant, me dit Rinri après ce cours indéterminable.

– Oui, tu as un autre cours maintenant ?

– Non, répondit-il, comme effaré à l'idée que l'on puisse travailler davantage.

Je remarquai qu'il ne s'était lié à aucun des jeunes gens de l'université.

– Pour ce que je les vois, commenta-t-il.

Il me balada encore sur le beau campus, me montra tous les lieux d'où l'on avait une vue imprenable sur le métro aérien.

Cet aperçu de ses études me rendit son emploi du temps plus nébuleux qu'auparavant. De louche, il devint suspect.

Le soir, quand je lui demandais ce qu'il avait fait dans la journée, il me répondait qu'il avait été très occupé. Impossible de savoir par quoi. Le comble, c'est qu'il semblait l'ignorer lui-même.

Ni d'Ève ni d'Adam

Quand la paranoïa cessa de m'habiter, je compris que les années universitaires étaient aussi les seules pendant lesquelles les Japonais peuvent se permettre ce luxe exquis de dissiper leurs journées. Leur vie d'écoliers a obéi à un tel emploi du temps, loisirs inclus, et leur vie de travailleurs sera soumise à de tels carcans horaires, que l'oasis des études est soigneusement vouée au vague, à l'incertain, voire au somptueux rien-du-tout.

R INRI et moi avions un film fétiche : *Tam-popo*, du cinéaste Juzo Itami, qui raconte les aventures d'une jeune veuve recherchant, à travers les bas-fonds japonais, la recette de la meilleure soupe aux nouilles. C'est l'un des films les plus drôles, les plus parodiques et les plus délicieux qui existent.

Nous l'avions vu ensemble un grand nombre de fois et tentions souvent d'en reproduire certaines scènes.

Aller au cinéma à Tokyo déconcertait. A priori, cela ne différait pas de l'expérience européenne ou américaine. Les gens s'installaient dans de vastes salles confortables, la séance commençait, bandes-annonces, publicités, d'aucuns se rendaient aux toilettes, mais pour garder leur place laissaient ostensiblement leur portefeuille sur leur siège. Je suppose qu'à leur retour il ne manquait pas un yen.

Nulle pruderie dans les sélections de films, les choses les plus crues défilaient sur les écrans sans précautions ni carré blanc : les Japonais ne sont pas bégueules. Pourtant, quand une femme apparaissait nue, sa toison était occultée d'un nuage : si le sexe ne posait aucun problème, les pilosités indisposaient.

Les réactions du public avaient de quoi étonner. Une salle projetait *Ben Hur* : à ma passion pour les péplums s'ajouta la curiosité d'en revoir un à Tokyo. J'y emmenai Rinri. Les dialogues entre Ben Hur et Messala, sous-titrés en japonais, me ravissaient – à la réflexion, ils n'étaient pas plus absurdes en nippon qu'en américain. L'une des scènes montre la naissance du Christ avec, dans le ciel, des lumières divines qui attirent les Rois mages. Derrière moi, j'entendis une famille émerveillée qui s'écriait : « U.F.O. ! U.F.O. » Visiblement, l'intervention d'ovnis dans ce monde judéo-romain ne les perturbait pas.

Rinri m'emmena voir un vieux film de guerre, *Tora tora tora*. C'était une petite salle excentrique, le public n'en était pas ordinaire. Il n'empêche que, pendant la fameuse scène du bombardement de Pearl Harbour par l'armée nippone, la majorité des spectateurs applaudirent. Je demandai à Rinri pourquoi il avait voulu que je voie cela.

– C'est l'un des films de fiction les plus poétiques que je connaisse, me répondit-il le plus sérieusement du monde.

Je n'insistai pas. Ce garçon n'avait pas fini de me déboussoler.

En novembre arriva sur les écrans tokyoïtes le film *Dangerous Liaisons* de l'Anglais Stephen Frears. L'adaptation de l'un de mes romans préférés par l'un de mes cinéastes favoris avait de quoi m'attirer. Rinri n'avait pas lu le livre et ignorait ce dont il s'agissait. Le soir de la première, la salle était comble. Le public tokyoïte, que j'avais si souvent entendu se tordre de rire pendant les films violents, resta figé d'horreur devant la marquise de Merteuil. Pour ma part, du début à la fin, j'exultai si fort qu'il me fut très difficile de réprimer des cris d'extase. C'était trop bien.

Comme je quittais la salle au comble de l'enthousiasme, je m'aperçus que Rinri pleurait. Je l'interrogeai du regard.

– Cette pauvre femme… Cette pauvre femme…, répétait-il en sanglotant.

– Laquelle ?

– La gentille.

Et je compris ce phénomène : Rinri avait passé le film entier à s'identifier à Madame de Tourvel. Je n'osai lui en demander la raison : j'avais trop peur de sa réponse. J'essayai de le tirer de son incarnation délirante.

– Ne t'implique pas. Ce film ne parle pas de toi. Tu ne trouves pas que c'était terriblement beau ? La qualité des images et cet acteur incroyable qui jouait le rôle principal…

Autant uriner dans un shamisen. Rinri répéta convulsivement, entre ses flots de larmes, une heure durant :

– Cette pauvre femme…

Je ne l'avais jamais vu comme ça et ne le vis plus jamais comme ça. « Au moins, il n'est pas resté indifférent », me dis-je.

UN week-end de la mi-décembre, je partis
seule dans la montagne. Rinri avait
compris que vouloir m'accompagner en ce territoire où j'étais inaccessible ne servait à rien.
Cela faisait longtemps que je n'étais plus partie
sans lui et cette perspective m'allait. Surtout,
je brûlais de pratiquer enfin les montagnes nippones sous la neige.

À une heure et demie de train de Tokyo, je
descendis : c'était un village au fond d'une
vallée d'où commençait l'ascension du peu
célèbre Kumotori Yama. Une montagne de
moins de deux mille mètres, ce qui, pour une
première excursion seule dans la neige, m'avait
paru raisonnable. Sur la carte, la promenade
m'avait semblé très accessible et promettait une

168

vue imprenable sur le mont Fuji devenu mon ami.

Mon autre critère de choix fut son nom : Kumotori Yama, cela signifie « la montagne du nuage et de l'oiseau ». Un tel toponyme contenait déjà une estampe que je rêvais d'explorer. D'autant que la promiscuité de la vie tokyoïte générait des fantasmes érémitiques dont l'altitude constituait la soupape idéale.

On ne dira jamais assez combien le Japon est un pays montagneux. Les deux tiers du territoire sont pratiquement inhabités pour cette raison. En Europe, les montagnes sont des lieux très fréquentés, parfois l'antichambre des cocktails, innombrables stations snobs à l'appui. Au Japon, les stations de ski sont très rares et aucune population sédentaire n'habite la montagne qui est le royaume de la mort et des sorcières. C'est pourquoi l'Empire demeure d'une sauvagerie dont les témoignages ne rendent pas assez compte.

J'avais moi-même une peur à vaincre en m'y aventurant sans escorte. Quand j'étais enfant, ma gouvernante nippone bien-aimée me racontait les histoires de Yamamba, la plus méchante des *onibaba* (sorcières), celle qui sévissait dans les montagnes où elle attrapait les promeneurs solitaires pour en faire de la soupe – la soupe aux promeneurs solitaires, potage rousseauiste s'il en fut, a tant hanté mon imaginaire que je suis persuadée d'en connaître le goût.

Sur la carte, j'avais repéré un refuge non loin du sommet et prévu d'y passer la nuit, sauf si Yamamba m'avait déjà logée en son chaudron.

Je quittai le village en direction du vide. Le sentier montait aimablement dans la neige dont je constatai aussitôt la virginité, avec une stupide joie de sultan. En ce samedi matin, nul ne m'avait précédée dans cette grimpette. Jusqu'à l'altitude de mille mètres, ce fut une promenade charmante.

La forêt de conifères et feuillus s'arrêta brusquement, me révélant le ciel rempli d'avertissements que je n'écoutai pas. Devant moi s'ouvrait l'un des plus beaux paysages du monde : sur un long versant en forme de jupe évasée, une forêt de bambous sous la neige. Le silence me renvoya, intact, mon cri d'extase.

J'ai toujours éprouvé un amour éperdu pour le bambou, cette créature hybride que les Japonais ne classent ni arbre ni plante et qui allie à la gracieuse souplesse l'élégance de son foisonnement. Mais jamais bambou n'avait atteint, dans mes souvenirs, la splendeur étrange de cette forêt enneigée. Malgré leur minceur, chaque silhouette avait sa charge de neige et sa chevelure empesée de blancheur, à la manière de très jeunes filles frappées avant l'âge de quelque mission sacrée.

Je traversai la forêt comme on foule un autre monde. L'exaltation avait remplacé la durée, je ne sais combien de temps fut englouti dans l'ascension de ce versant.

Quand j'arrivai à son terme, je vis, trois cents mètres plus haut, le sommet du Kumo-tori Yama. Il me parut tout proche, moins cependant que le nuage lourd de neige qui se vautrait sur sa face gauche. Il ne manquait plus qu'un oiseau pour justifier son nom : je serais ce volatile insoucieux du danger. Je marchai à tire-d'aile vers cette cime trop accessible en pensant que mille neuf cents mètres d'altitude, c'était bon pour les mauviettes et que je ne me sous-estimerais plus jamais ainsi.

À peine avais-je atteint le faîte que le nuage, reconnaissant ma nature aviaire, m'y rejoignit pour accomplir la destinée étymologique de cette montagne. La nuée contenait la tempête, il n'y eut plus rien à voir qu'un tourbillon de flocons. Émerveillée, je m'assis par terre pour assister au spectacle. J'avais monté à grande vitesse, je crevais de chaud et il était exquis d'offrir sa tête nue à cette manne glacée. Jamais je n'avais vu neiger si fort : le déferlement était si dur et si soutenu qu'il devenait difficile de garder les yeux ouverts. « Si tu veux connaître le secret de la neige, c'est maintenant qu'il faut observer : tu es à la fois au cœur de la fabrique et du canon. » L'espionnage industriel se révéla impossible : rien n'est plus mystérieux que ce qui a lieu devant soi.

Je ne sais si le nuage s'était épris de moi

ou du sommet : il ne délogea plus. Soudain je me rendis compte que j'avais la chevelure aussi chenue que la barbe glacée qui m'ornait le menton : je devais ressembler à un vieil ermite.

« Je vais m'abriter dans le refuge », pensai-je – et presque aussitôt je sus que je n'avais vu aucun refuge. Pourtant la carte l'indiquait en léger contrebas. Elle datait de l'année dernière : Yamamba aurait-elle détruit cette cabane entre-temps ? Je partis aussitôt à sa recherche. La tempête de neige avait enflé qui recouvrait à présent le massif : je ne pus sortir du nuage. Je descendis en spirale autour de la cime, pour être certaine de ne pas rater mon objectif. C'était à peine si j'apercevais le bout de mes mains tendues vers l'avant. Ce somnambulisme éveillé n'en finissait pas.

Mes doigts heurtèrent du dur : le refuge. « Sauvée ! » m'écriai-je. À tâtons autour de la maisonnette, je trouvai une porte et m'y engouffrai.

À l'intérieur, il n'y avait rien ni personne. Le sol, les murs et le plafond étaient de bois.

Par terre, une vieille couverture cachait un *kotatsu* : mes yeux s'écarquillèrent à la vue d'un tel luxe et je poussai un cri de joie et de stupéfaction en découvrant que ce poêle était brûlant. Byzance.

Le *kotatsu* représente un mode de vie davantage qu'un chauffage : dans les maisons traditionnelles, un trou carré occupe un vaste coin du séjour et, au centre de ce creux, siège le poêle en métal. On s'assied par terre, les jambes pendantes dans la piscine remplie de chaleur, et on protège ce bassin d'air torride d'une immense couverture.

J'ai connu des Japonais qui maudissaient le *kotatsu* : « On passe son hiver entier en prison sous cette pelisse, on est captif de ce trou et de la présence des autres, on est forcé de subir l'ineptie des rabâchages des vieillards. »

Moi, j'avais un *kotatsu* pour moi seule – seule ? Qui entretenait ce poêle ?

« Tant que le gardien n'est pas là, profites-en pour te déshabiller », me dis-je. J'enlevai mes vêtements trempés de sueur et de neige et les suspendis comme je le pus autour de moi afin qu'ils sèchent. Dans mon sac à dos, j'avais emporté un pyjama que j'enfilai en me moquant de moi : « Un pyjama, pourquoi pas une robe de soirée ? J'aurais été mieux inspirée de prendre une tenue de rechange. » Je mangeai des provisions, bien installée sous le *kotatsu*, en écoutant le mugissement de la tempête à l'extérieur : je jubilais de ma situation.

J'étais impatiente qu'arrive le maître ou la maîtresse des lieux : il ou elle devait passer ici chaque jour, sans doute, pour fournir au poêle son combustible. J'imaginais la conversation que je pourrais avoir avec cette personne, forcément extraordinaire.

Brusque consternation : pipi. J'aurais dû y penser plus tôt. Les commodités, c'était la montagne. Sortir dans la tempête en pyjama équivalait à perdre mon ultime habit sec et je n'allais pas réenfiler mes vêtements trempés. Il n'y avait pas trente-six solutions : j'enlevai le pyjama, respirai un grand coup et courus dehors comme on saute dans le vide. Les pieds nus dans la neige, accroupie dans le plus simple appareil, je m'exécutai en un mélange d'horreur et d'extase. Il faisait nuit noire et la blancheur de la neige tourbillonnante ne se voyait pas, elle se percevait par les autres sens : cela avait un toucher et un goût blancs, cela sentait blanc, cela sonnait blanc. Ivre de douleur, je rentrai dans le refuge et plongeai sous le *kotatsu*, rassurée que le gardien ne m'ait pas surprise dans cette posture. Quand le poêle eut séché ma peau, je réenfilai le pyjama.

Je me couchai sous la couverture et tentai de trouver le sommeil. Peu à peu, je m'aperçus que, suite au raid gymnique à l'extérieur, j'étais incapable de me réchauffer. J'avais beau m'enrouler dans le plaid et me rapprocher autant que possible du poêle, je grelottais. La morsure de la tempête m'avait pénétrée si profond que je ne pouvais évacuer ses dents glaciales de mon corps.

Je finis par commettre une folie, mais je n'avais pas le choix : entre la brûlure au deuxième ou troisième degré et la mort, je choisis la brûlure. Je m'enroulai autour du poêle, à même le métal ardent, avec un pyjama et des pans de couverture pour unique protection. Ce fut alors que je constatai la gravité du problème : je ne sentis tout simplement rien. Ma peau n'avait aucune perception de ce qui eût dû la griller.

Pourtant, du bout des doigts, je pouvais vérifier le bon fonctionnement de la combustion : seules mes phalangettes avaient encore des terminaisons nerveuses. J'étais un cadavre qui vivait uniquement à l'extrémité de ses phalanges et dans son cerveau, lequel avait déclenché un signal d'alarme inopérant.

Si seulement j'avais frissonné ! Mon corps était tellement mort qu'il se refusait à ce réflexe salutaire. Il demeurait de plomb gelé. Par bonheur, il souffrait : j'en arrivai à bénir cette douleur qui constituait l'ultime preuve de mon appartenance au monde des vivants. Ce martyre était suspect qui avait inversé les sensations : le poêle me brûlait de froid. Mais mieux valait cela que le moment terrible et imminent où je n'éprouverais plus rien.

Dire que j'avais redouté le chaudron de Yamamba ! Ma gouvernante du temps jadis avait sous-estimé la cruauté de la sorcière de la montagne. Elle ne transformait pas les promeneurs solitaires en soupe mais en surgelés – peut-être à l'usage d'une soupe future. Cette pensée me fit rire et cette réaction nerveuse ressuscita les autres. J'eus enfin le réflexe salutaire : le frisson. Mon corps se mit à trembler comme une machine.

Le supplice ne s'en trouva pas adouci : savoir que j'y survivrais rallongea la nuit, qui dura dix ans. Je vieillis d'un siècle : accrochée au poêle dont je n'éprouvais pas la brûlure, je passai ces heures interminables à écouter. Écouter d'abord la tempête de neige qui s'acharna longuement sur la montagne et laissa, après son départ, un silence d'une épaisseur inquiétante.

Écouter ensuite, avec l'espoir le plus animal du monde, l'avènement de ce miracle connu sous le nom de matin – comme il tarda à venir !

J'eus le temps de prêter ce serment intérieur : « Chaque fois qu'il te sera donné de dormir dans un lit, si humble soit-il, bénis-le et pleure de joie ! » Jusqu'à aujourd'hui, je n'ai jamais été parjure à la solennité de cette parole.

Tandis que je guettais les prémices de l'aube, il me sembla entendre des pas dans le refuge : je n'eus pas le courage de sortir mon nez du *kotatsu*, je ne pus jamais vérifier si ces bruits provenaient de mon imagination survoltée par le froid ou d'une présence réelle. Ma peur fut si forte que je tremblai encore plus violemment.

Il était très improbable que ce fût une bête : ces pas produisaient un son humain. S'il y avait quelqu'un, il devait être en train de contempler mes vêtements éparpillés et savait que j'étais sous le *kotatsu*. J'aurais pu dire quelque chose pour signaler que je ne dormais pas, mais je ne trouvais pas les bons mots : l'effroi m'engluait les facultés.

Ce bruit s'effaça qui n'avait peut-être jamais existé. Soudain, retenant mon souffle, j'entendis à l'extérieur cet approfondissement du silence, cette haleine sacrée de l'univers qui signale l'aurore.

Sans l'ombre d'une hésitation, je jaillis du *kotatsu* : il n'y avait personne, ni trace de personne. Une mauvaise surprise m'attendait : mes vêtements suspendus avaient gelé. C'est dire la température qui régnait à l'intérieur du refuge. J'enfonçai les pieds dans les jambes du pantalon comme on se fraie un passage dans la glace. Le pire moment fut la rencontre de mon dos avec le tee-shirt givré. Heureusement, je n'avais pas le temps d'analyser ces sensations. Partir était une question de vie ou de mort : il fallait chasser ce froid qui ne cessait de me dévorer plus profondément.

Jamais je ne pourrai dire le choc éprouvé à ouvrir la porte : c'était desceller son tombeau pour déboucher sur le mystère. Je restai quelques instants figée devant ce monde inconnu : la tempête, qui me l'avait caché la veille, l'avait englouti sous des mètres de blancheur neuve. Mon oreille avait vu juste : l'aube balbutiait le jour. Plus un pouce de vent, aucun cri d'oiseau de proie, rien que le silence glaciaire. Aucune

trace de pas dans la neige : mon visiteur noc-
turne, s'il avait existé, ne pouvait être que
Yamamba, venue vérifier si son piège à promeneurs solitaires avait fonctionné et évaluer, aux
vêtements suspendus, la nature du gibier. Je lui
devais une fière chandelle : sans le *kotatsu*, je
n'aurais pas survécu. Mais si je voulais survivre
plus longtemps, il ne fallait plus attendre : cinq
heures dix du matin.

Je fonçai dans le paysage. Ô merveille de
courir ! L'espace libère de tout. Il n'est aucun
tourment qui ne résiste à l'éparpillement de
soi-même dans l'univers. Le monde serait-il si
grand pour rien ? La langue dit juste : déguerpir, c'est se sauver. Si tu meurs, pars. Si tu
souffres, bouge. Il n'y a pas d'autre loi que le
mouvement.

La nuit m'avait emprisonnée chez Yamamba,
la lumière du jour m'émancipait en me rendant
la géographie. Je jubilais : non, Yamamba, je
n'ai pas l'âme d'une soupe, je suis une vivante
et je le prouve, je détale, tu ne sauras jamais
combien je suis mauvaise à manger. Mon
insomnie a été blanche comme la neige environ-

nante, mais j'ai l'incroyable énergie des survivants et je cours dans la montagne trop belle pour que je consente à y mourir. Chaque fois que j'arrive au sommet d'un versant, je découvre un monde magnifique et si vierge que cela fait peur.

Peur, oui. Depuis le temps que je fuis, je devrais avoir reconnu un paysage vu la veille. Il n'en est rien. La tempête a-t-elle à ce point métamorphosé l'univers ? Je saisis la carte et pointe le repère : le mont Fuji. Il est loin d'ici, mais dès qu'il sera visible je serai dans la bonne direction. Entre-temps, j'ai enfin trouvé le lieu nippon d'où l'on ne voit pas le mont Fuji : c'est là où je suis. Courons ailleurs.

Je me perds. L'égarement me grise, je cours d'autant plus vite. Yamamba, je t'ai bien eue, aucun être humain n'est jamais venu là où je me tiens. Je crâne pour cacher ma terreur. Cette nuit j'ai échappé à la mort, la voici qui me rattrape. Il était écrit que je trépasserais à vingt-deux ans dans les montagnes japonaises. Retrouvera-t-on mon cadavre ?

Je ne veux pas crever, je cours. Comment

peut-on tant courir ? Dix heures du matin. Le ciel est l'absolu du bleu, pas l'ombre d'un nuage. C'est un beau jour pour ne pas mourir. Zarathoustra sauvera sa peau. Mes jambes sont si grandes, elles mangeront les sommets, vous n'avez pas idée de leur appétit.

Mais je cours et ne trouve rien. Chaque fois que j'arrive en haut d'un versant, je prie pour voir le mont Fuji, je l'appelle comme on appelle son meilleur ami, souviens-toi, vieux frère, j'ai couché au bord de ton cratère, j'ai crié pour saluer le lever du soleil, je suis des tiens, je t'en supplie, reconnais-le, reconnais-moi, je fais partie des tiens, attends-moi au sommet de ce versant, je nierai tous les dieux pour ne croire qu'en toi, sois là, je suis perdue, il te suffit d'apparaître et je suis sauvée, j'arrive sur la crête, tu n'es pas là.

Mon énergie est devenue celle du désespoir, je cours toujours. Midi approche. Cela va faire sept heures que je me perds et que j'aggrave mon cas. Ma machine tourne à vide, la nuit viendra et me noiera dans sa neige noire. C'est la fin de ma course sur cette terre. Je ne veux pas y croire. Zarathoustra ne peut pas mourir, ça ne s'est jamais vu.

Nouveau versant. Je n'y crois plus, je monte quand même. Je n'ai rien à perdre, je suis déjà perdue. Mes jambes grimpent qui n'ont plus l'énergie d'avoir faim. Chaque pas coûte très cher. Voici la ligne de faîte, une nouvelle déconvenue, sans aucun doute. Je cours sur les derniers mètres.

Le mont Fuji est là, devant moi. Je tombe à genoux. Personne ne sait combien il est grand. J'ai trouvé l'endroit d'où on le voit en entier. Je hurle, je pleure, que tu es immense, toi qui m'annonces la vie ! Que tu es beau !

Le salut me foudroie les tripes, je me déculotte et me vide. Mont Fuji, je te laisse là un témoignage impérissable qui te prouve que tu n'as pas affaire à une indifférente. Je ris de bonheur.

Midi pile. Je regarde la ligne de crête, je n'ai plus qu'à la suivre, mes yeux évaluent six heures de marche jusqu'à la vallée. Ce n'est rien quand on sait qu'on va vivre.

Je cours le long de la ligne de faîte. Pendant six heures de soleil et de bleu du ciel, je vais avoir le mont Fuji pour moi seule. Ces six heures ne suffiront pas à contenir mon extase. L'exaltation me tient lieu de combustible : il n'en est pas de meilleur. Jamais Zarathoustra n'a couru si vite et avec tant d'ivresse. Je tutoie le Fuji, je danse sur la crête. C'est sublime, je voudrais que cela ne s'arrête jamais.

Ces six heures sont les plus belles de ma vie. Je marche ma joie. Je sais pourquoi une musique de triomphe s'appelle une marche. Le mont Fuji remplit le ciel, il y en a pour tout le monde, mais je l'ai en entier pour moi seule, les absents ont toujours tort. Personne autant que moi ne sait combien le Fuji est grandiose et superbe, ce qui ne l'empêche pas d'être le plus agréable des compagnons de route. Il est mon meilleur ami. Zarathoustra ne se mouche pas du coude.

Voici la vallée et le point du jour. Le retour s'est déroulé trop vite à mon gré. Je m'incline devant mon meilleur ami et saute dans le val d'où l'on ne le voit plus. Il me manque déjà. Je dévale à la vitesse de la lumière déclinante. Jamais je n'ai retrouvé aucun des paysages de la veille. J'ai dû sacrément me perdre. J'arrive au village en même temps que l'obscurité.

Un train me conduit à Tokyo. Éberluée, je regarde les humains qui m'entourent. Ils n'ont pas l'air choqués par mon apparence. J'en conclus que mon épopée ne se voit pas sur mon visage. À la gare, je prends le métro. Il est vingt-deux heures, dimanche soir, le monde est incroyablement ordinaire. Et moi, dans tous les sens du terme, je n'en reviens pas.

Je descends à ma station. Chez moi il y a du chauffage, un lit et une baignoire : Sardanapale n'est pas mon cousin. Le téléphone sonne sans cesse. Au bout du fil, un vivant me parle.

— Qui êtes-vous ? dis-je.

— Enfin, Amélie, c'est moi, Rinri. Tu ne reconnais plus ma voix ?

186

Je n'ose lui répondre que j'avais oublié jusqu'à son existence.

– Tu rentres si tard, je m'inquiétais.

– Je te raconterai. Je suis trop fatiguée.

Pendant que la baignoire se remplit, je me regarde dans le miroir. Des pieds à la tête, je suis gris foncé. Aucune trace de brûlure du poêle. Le corps est une sacrée invention. J'entre dans le bain chaud et, soudain, ma carcasse recrache le froid qu'elle contenait. Je pleure de bien-être et de désespoir. Les rescapés savent qu'on ne les comprendra jamais. Mon cas est encore plus grave : je suis rescapée de quelque chose de trop beau, de trop grand. Je voudrais que les gens soient au courant de ce sublime. Je sais déjà que je ne pourrai pas leur expliquer.

Je me couche. Je pousse un cri : ce lit est un piège. Tant de confort me traumatise. Je pense à la pauvresse enroulée autour du poêle : historiquement et géographiquement, un jet de pierre me sépare d'elle. Dorénavant, parmi les nombreux autres qui m'habitent, il y aura la pauvresse de la montagne. Il y aura aussi Zarathoustra dansant avec le mont Fuji sur la ligne de faîte. Je serai toujours tous ceux-là, en plus de ce que j'étais.

Mes identités diverses n'ont plus dormi depuis longtemps, voire n'ont jamais dormi. Le sommeil m'avale qui les unit en moi.

CE qui est terrible après ce genre d'aventure, c'est que la vie continue. Le lendemain, au cours, j'avais envie de raconter. Mais les étudiants s'en fichaient, ne pensant qu'aux vacances qui approchaient : plus qu'une semaine et ils partaient à Hawaï.

La Mercedes blanche m'attendait à la sortie.

– Si tu savais ce qui m'est arrivé !

– On va manger des nouilles chinoises ? Je crève de faim.

Devant mon bol, je tentai désespérément d'évoquer la forêt de bambous enneigée, la tempête, la nuit chez Yamamba, les heures où j'avais couru perdue dans la montagne, ma rencontre nez à nez avec le mont Fuji – à ce moment, Rinri éclata de rire parce que j'ouvrais les bras au maximum pour lui montrer les dimensions du volcan. Il y a une impossibilité technique à raconter le sublime. Soit on n'est pas intéressant, soit on est comique.

Rinri prit ma main.

– Tu passes Noël avec moi ? me demanda-t-il.

– D'accord.

– Du 23 au 26, je t'emmène en voyage.

– Où allons-nous ?

– Tu verras. Emporte des vêtements chauds. Non, on ne va pas en montagne, je te rassure.

– Ça compte pour toi, Noël ?

– Non. Mais là, oui, parce que je serai avec toi.

Dernière semaine de cours. Bientôt, je n'appartiendrais plus à l'espèce estudiantine. J'avais passé des tests. Au début de l'année suivante, j'entrerais dans l'une des plus grandes compagnies japonaises. L'avenir s'annonçait bien.

Une étudiante canadienne me demanda si j'allais épouser Rinri.

– Je n'en sais rien.

– Méfie-toi. Ces unions produisent des enfants atroces.

– Qu'est-ce que tu racontes ? Les Eurasiens sont magnifiques.

– Mais odieux. J'ai une amie qui s'est mariée avec un Japonais. Ils ont deux enfants, six et quatre ans. Ils appellent leur mère pipi et leur père caca.

J'éclatai de rire.

– Ils ont peut-être leurs raisons, dis-je.

– Comment peux-tu rire de ça ? Et si ça t'arrivait ?

– Je ne pense pas avoir d'enfants.

– Ah. Pourquoi ? Ce n'est pas normal.

Je m'en allai en fredonnant dans ma tête la chanson de Brassens : « *Non, les brav's gens n'aiment pas que / L'on suive une autre route qu'eux.* »

Le 23 décembre au matin, la Mercedes blanche attendait sous un ciel gris foncé. La route fut longue, laide et déprimante car le Japon est aussi un pays ordinaire.

— Je sais que je verrai, mais où allons-nous ?

— Quoi que présage le paysage, tu ne seras pas déçue.

« Que de chemin parcouru depuis ourrrhh ! » pensai-je. Sans doute ne faisait-on pas de bons francophones sans casser des œufs.

Soudain, la mer.

— La mer du Japon, dit Rinri avec cérémonie.

— Je l'ai déjà rencontrée quand j'étais petite, à Tottori. J'ai failli m'y noyer.

— Tu es vivante, conclut le garçon pour excuser la mer sacrée.

Il gara la voiture dans le port de Niigata.

— Nous prenons le bateau pour l'île de Sado.

Je sautai de joie. J'avais toujours rêvé de voir cette île célèbre pour sa beauté et sa sauvagerie. Du coffre, Rinri retira une valise grosse comme

192

une malle. La traversée me parut glaciale et interminable.

– La mer du Japon est une mer virile, dit Rinri.

C'était un propos que j'avais déjà entendu maintes fois dans des bouches nippones et que je n'avais jamais commenté, si profonde était la perplexité dans laquelle il me plongeait. Mon imaginaire primitif cherchait les poils de barbe au sortir des vagues.

Le bateau nous débarqua sur l'île, où le port rudimentaire contrastait avec celui de Niigata. Un car des années soixante nous conduisit jusqu'à une auberge ancienne et vaste, à une demi-heure de là. Cette *ryokan* se situait au centre de l'île : on entendait la mer plus qu'on ne la distinguait. Alentour, rien que la nature presque vierge.

Il commença à neiger. J'exultai et proposai une promenade.

– Demain, répondit Rinri. Il est seize heures, la route m'a crevé.

Sans doute voulait-il profiter du luxe de l'auberge, je ne pus lui donner tort. Les magnifiques chambres traditionnelles embaumaient le tatami frais, et chacune avait son immense baignoire zen, continuellement remplie par un bambou qui y déversait de l'eau brûlante. Pour éviter les débordements, la pierre brute du bain était percée d'un orifice au-dessus duquel l'idéogramme de la meule de foin incendiée signifiait le néant.

– Métaphysique ! m'exclamai-je.

Après nous êtres savonnés et rincés au lavabo selon le rite, Rinri et moi nous installâmes dans cette incroyable baignoire avec l'intention de n'en sortir jamais.

– Il paraît qu'il y a aussi un *furo* encore plus célèbre dans les parties communes de l'hôtel, dit-il.

– Il ne peut être mieux que celui de la chambre, répondis-je.

– Détrompe-toi. Il est grand comme dix fois celui-ci, ressourcé par un réseau de bambous et à ciel ouvert.

Le dernier argument porta. J'insistai pour que nous y allions. Il n'y avait personne :

encore heureux car, selon la coutume antique, les sexes n'y étaient pas séparés.

Être nus dans un bain chaud sous les flocons de neige : je poussai des cris d'extase. Plaisir, en cette étuve, de recevoir des cristaux glacés sur la tête.

Une demi-heure plus tard, Rinri sortit du *furo* et revêtit sa *yukata*.

– Déjà ? m'indignai-je.

– Ce n'est pas bon pour la santé d'y rester trop longtemps. Viens.

– Pas question. Je reste.

– Comme tu veux. Je retourne dans la chambre. Ne tarde pas.

Ravie d'avoir le champ libre, je fis la planche, afin que mon corps entier vive le moment miraculeux de la rencontre avec l'élément gelé : il était exquis d'être lapidée au sorbet, à plus forte raison quand le côté pile marinait dans l'eau fumante.

Hélas, ma solitude ne dura pas : un vieux monsieur de l'intendance de l'hôtel vint balayer les abords du bain. Je repliai aussitôt ma nudité sous les eaux, que je troublai en agitant bras et jambes pour en faire un vêtement.

Petit et maigre comme un arbuste, l'octogénaire semblait n'avoir jamais quitté l'île. De son balai de brindilles, il nettoya consciencieusement les contours de la baignoire. Son visage impassible me rassura. Mais quand il eut tout balayé, il recommença. Par ailleurs, n'était-il pas louche qu'il ait attendu le départ de Rinri pour cette besogne ?

Je m'aperçus que le vieillard époussetait les flocons qui se déposaient peu à peu autour du *furo*. Or il allait sûrement neiger longtemps : on n'était pas sorti de l'auberge. En effet, je ne pouvais pas sortir de l'eau tant qu'il serait là : entre le moment où je jaillirais et le moment où j'attraperais ma *yukata*, il y aurait un instant où je serais irrémédiablement nue.

Certes, je ne risquais rien. Habillé, mon vieil insulaire devait peser quarante-cinq kilos et son âge le rendait encore moins dangereux. Cette situation n'en était pas moins déplaisante. Mes bras et mes jambes se fatiguaient. Leur travail laissait à désirer et l'opacité du bain n'était plus garantie. Mine de rien, l'arrière-grand-père devait trouver le spectacle du plus haut intérêt.

Je décidai de lui river son clou en l'apostrophant. Du menton, je lui montrai son balai et lui déclarai sèchement :

– *Iranai !*

Ce qui signifiait en langue commune : « Ce n'est pas nécessaire ! »

Il dit qu'il ne comprenait pas l'anglais. Cette réponse prouva la mauvaise volonté du personnage et je ne doutai plus de sa perversité.

Je n'avais pourtant pas encore touché le fond : le pire fut atteint quand je sentis en moi les signes avant-coureurs de l'évanouissement. Rinri avait raison, il ne fallait pas rester trop longtemps dans cette marinade brûlante. Sans que je m'en rende compte, mes forces s'étaient liquéfiées. Je vis le moment où j'allais bel et bien tourner de l'œil dans le *furo* et où le vieillard, sous prétexte de me sauver, pourrait faire de moi ce qu'il voudrait. Panique.

En plus, c'est une phase atroce que celle qui précède l'évanouissement. Comme si dix millions de fourmis envahissaient l'intérieur du corps et transformaient les entrailles en nausée. Cela s'accompagne d'une faiblesse sans nom. Amélie, sors de là tant que tu le peux, c'est-à-dire aussitôt. Il te verra nue, tant pis, ce pourrait être beaucoup plus grave.

Le vieux balayeur vit jaillir une trombe blanche qui se jeta sur la *yukata*, s'y enveloppa et déguerpit en courant. Je galopai aux instruments jusqu'à la chambre où Rinri me vit débouler puis m'effondrer sur le futon. Je me rappelle qu'au moment où je me donnai l'autorisation de tomber dans les pommes, j'eus l'instinct de regarder l'heure et pus lire 18 : 46. Ensuite, je sombrai dans un puits sans fond.

Je voyageai. J'explorai la cour de Kyoto au XVIIe siècle. Un cortège d'aristocrates des deux sexes, somptueusement vêtus de kimonos violets, fleurissait les collines. S'en détachait une dame aux manches de courtisane, peut-être lady Murasaki qui, s'accompagnant au koto, chantait une ode à la gloire des nuits de Nagasaki, sans doute pour la richesse de la rime.

Ces activités s'étalèrent sur plusieurs décennies. J'eus le temps de m'installer dans ce passé nippon, où j'exerçais la profession enviée de goûteuse de saké. Échanson à Kyoto était une situation que je ne songeais pas à quitter quand je fus brutalement rappelée par le 23 décembre 1989. L'horloge indiquait 19 : 10. Comment avais-je pu vivre tout cela en vingt-quatre minutes ?

Rinri avait respecté mon évanouissement. Assis près de moi, il me demanda ce qui s'était passé. Je lui parlai du XVIIᵉ siècle ; il m'écouta avec politesse puis reprit :

– Oui, mais avant ?

Je me souvins et, d'un ton moins poétique, je lui racontai le vieillard pervers venu zieuter la Blanche nue sous couleur de balayage.

Rinri applaudit et éclata de rire :

– J'adore cette histoire ! Tu me la raconteras souvent.

Cette réaction me déconcerta. Si j'avais espéré un peu d'indignation, j'en étais pour mes frais : Rinri, enchanté, mimait la scène, arrivait plié en deux comme un vieux débris avec un balai imaginaire, jetant des regards torves vers le bain ; ensuite il m'imitait gesticulant et disant « *Iranai* », puis répondait d'une voix chevrotante qu'il ne comprenait pas l'anglais, le tout en rigolant. Je le coupai d'un commentaire :

– L'île porte bien son nom.

Son hilarité redoubla. Le jeu de mots fonctionnait encore mieux en japonais, où le nom du Divin Marquis se prononçait Sado.

On frappa à la porte.

– Tu es prête pour le festin ? demanda Rinri.

Le panneau coulissa et deux charmantes provinciales vinrent installer les tables basses qu'elles couvrirent de mets délicats.

Face à ce *kaiseki*, je n'eus plus la moindre pensée pour l'ignoble vieillard et fis honneur. Plusieurs sakés différents nous furent servis : je conclus au caractère prémonitoire de mon rêve d'évanouissement et attendis la suite avec curiosité.

Le lendemain matin, l'île de Sado était blanche de neige.

Rinri m'emmena jusqu'au rivage le plus au nord.

– Tu vois là-bas ? dit-il en pointant l'horizon marin. On devine Vladivostok.

J'admirai son imagination. Mais il avait raison : la seule terre pensable derrière ces nuages carcéraux était la Sibérie.

– On fait le tour de l'île à pied ? suggérai-je.

– Tu ne te rends pas compte : ce serait très long.

– Allons, c'est si rare de voir un rivage couvert de neige.

– Pas au Japon.

Au bout de quatre heures de marche avec le vent du large, transformée en glaçon ambulant, je déclarai forfait.

– Ça tombe bien, dit Rinri. Pour boucler l'île, nous en avions encore pour une dizaine d'heures, sans compter le retour jusqu'à l'auberge qui est au centre de Sado.

– Je propose que nous prenions le chemin le plus court, murmurai-je de mes lèvres bleues.

– En ce cas, dans deux heures nous serons dans notre chambre.

L'intérieur des terres se révéla infiniment plus beau et étonnant que la côte. Le clou, ce furent les immenses vergers de kakis enneigés : par une bizarrerie de la nature, les plaquemi-niers, qui perdent leurs feuilles en hiver comme tous les arbres fruitiers, ne perdent jamais leurs fruits, même quand ceux-ci ont dépassé le stade de la maturité. Dans les cas extrêmes, les arbres vivants portent leurs fruits morts, évoquant une descente de croix. Mais l'heure n'était pas aux cadavres et j'eus droit aux arbres de Noël les plus stupéfiants : ces plaqueminiers noirs et nus, chargés de kakis mûrs à souhait, sur l'orange desquels la neige formait une cou-ronne lumineuse.

Un seul arbre ainsi orné eût suffi à m'exalter. J'en vis des armées, figées dans les prairies désertes : la tête me tournait tant d'admiration que de désir, car les kakis à point font mes délices. Hélas, j'eus beau sauter, je n'en attrapai aucun.

« Féerie pour les yeux, pensai-je. Il ne faut pas toujours vouloir tout manger. » Ce dernier argument ne me convainquit pas.

– Viens, dit Rinri, on crève de froid.

À l'auberge il s'absenta. Je pris un bain court et m'effondrai sur le futon. Endormie, je ne le vis pas rentrer. Quand il m'éveilla, il était dix-neuf heures. Les dames ne tardèrent pas à nous apporter le festin.

Il y eut un incident alimentaire. Elles apportèrent des petits poulpes vivants. Je connaissais le principe et j'avais déjà fait cette déplaisante expérience : il s'agissait de manger des poissons ou des fruits de mer à l'instant où l'on venait de les tuer devant vous, histoire d'en garantir la fraîcheur. Je ne comptais plus le nombre de filets de daurade encore frémissants que j'avais eus en bouche, pendant qu'un restaurateur ravi me regardait en disant : « C'est vivant, n'est-ce pas ? Vous sentez le goût de la vie ? » Je n'ai jamais trouvé que ce goût méritait cette pratique barbare.

Quand je vis ces poulpes, je fus doublement désolée : d'abord parce qu'il n'y a pas plus charmant que ces bestioles à tentacules, ensuite parce que je n'ai jamais aimé le poulpe cru. Mais il eût été impoli de refuser un plat.

Je détournai le regard au moment du meurtre. L'une des dames déposa la première victime dans mon assiette. Ce poulpe menu et joli comme une tulipe me brisa le cœur. « Mâche vite, avale et puis dis que tu n'as plus faim », pensai-je.

Je l'enfonçai dans ma bouche et essayai d'y planter les dents. Il se passa alors une chose atroce : les nerfs encore vifs du poulpe lui intimèrent de résister et le cadavre vengeur attrapa ma langue de tous ses tentacules. Il n'en démordit plus. Je hurlai autant que l'on peut hurler quand on a la langue gobée par un poulpe. Je la tirai afin de montrer ce qui m'arrivait : les dames éclatèrent de rire. J'essayai de détacher l'animal avec mes mains : impossible, les ventouses collaient formidablement. Je voyais le moment où j'allais m'arracher la langue.

Épouvanté, Rinri me regardait sans bouger. Au moins, je sentais que quelqu'un me comprenait. Je gémis du nez dans l'espoir que les dames cessent de rigoler. L'une des deux sembla penser que la plaisanterie avait assez duré

et vint planter une baguette en un endroit pré-
cis de mon agresseur qui lâcha prise aussitôt.
Si c'était si simple, que ne m'avait-elle sauvée
plus vite ? Je contemplai dans mon assiette le
poulpe recraché et songeai que, décidément,
cette île méritait son nom.

Quand les dames eurent débarrassé, Rinri
me demanda si j'étais remise de mes émotions.
Je répondis en riant que c'était une étonnante
soirée de Noël.

– J'ai un cadeau pour toi, dit-il.

Et il m'apporta un foulard de soie vert jade,
lesté d'un volume important.

– Qu'y a-t-il dans ce *furoshiki* ?

– Ouvre-le.

Je dénouai le foulard traditionnel, non sans
trouver ravissante la coutume d'offrir les
cadeaux de cette manière et poussai un cri : le
furoshiki était rempli de kakis auxquels l'hiver
avait conféré un aspect de gemmes géantes.

– Comment as-tu fait ?

– Pendant que tu dormais, je suis retourné
dans ce verger et j'ai grimpé aux arbres.

Je lui sautai au cou : et moi qui pensais qu'il disparaissait pour des causes mafieuses !

– Peux-tu les manger, s'il te plaît ?

Je n'ai jamais compris pourquoi il aimait tant me regarder manger, mais je m'exécutai avec joie. Dire que d'aucuns assassinent des poulpes alors qu'il y a des kakis mûrs à dévorer ! Leur pulpe exaltée par le gel avait une saveur de sorbet aux pierres précieuses. La neige possède un étourdissant pouvoir gastronomique : elle concentre les sucs sapides et affine les goûts. Elle fonctionne comme une cuisson d'une délicatesse miraculeuse.

Au septième ciel, je dégustai les kakis les uns après les autres, les yeux embués de plaisir. Je n'arrêtai que quand il n'y eut plus de munitions. Le foulard était vide.

Rinri me dévisageait, pantelant. Je lui demandai si le spectacle lui avait plu. Il souleva le *furoshiki* maculé et me tendit le minuscule étui de gaze caché en dessous. Je l'ouvris avec une crainte qui se justifia aussitôt : une bague de platine incrustée d'une améthyste.

– Ton père s'est surpassé, balbutiai-je.

— Veux-tu m'épouser ?

— Crois-tu qu'il me reste un doigt libre ? répondis-je en montrant mes mains chargées des œuvres paternelles.

Il se lança dans une arithmétique, m'expliquant que si je déplaçais l'onyx à l'auriculaire, le zircon au majeur, l'or blanc au pouce et l'opale à l'index, je pourrais libérer un annulaire.

— Ingénieux, commentai-je.

— Bon. Tu ne veux pas, dit-il.

— Je n'ai pas dit ça. Nous sommes si jeunes.

— Tu ne veux pas, répéta-t-il froidement.

— Avant le mariage, il existe une période qui s'appelle les fiançailles.

— Cesse de me parler comme à un Martien. Je connais les fiançailles.

— Tu ne trouves pas que c'est un joli mot ?

— Tu parles de fiançailles parce que c'est un joli mot ou parce que tu refuses de m'épouser ?

— Je veux simplement que les choses se déroulent dans l'ordre.

– Pourquoi ?

– J'ai des principes, m'entendis-je dire avec stupéfaction.

Les Japonais respectent beaucoup ce genre d'arguments.

– Combien de temps durent les fiançailles ? demanda Rinri comme pour s'informer du règlement.

– Ce n'est pas fixe.

Cette réponse sembla lui déplaire.

– Fiançailles a pour étymologie le mot foi, ajoutai-je pour plaider ma cause. Le fiancé est celui qui donne sa foi à l'autre. C'est beau, n'est-ce pas ? Tandis que la signification du mot mariage est d'une platitude infinie, à l'image du contrat qui porte son nom.

– Tu ne voudras donc jamais m'épouser, déduisit Rinri.

– Je n'ai pas dit ça, fis-je, consciente d'être allée trop loin.

Il y eut un silence gêné que je finis par rompre :

– J'accepte ta bague de fiançailles.

Il opéra sur mes doigts très gothiques d'alors

les roulements qu'il avait annoncés et glissa, à l'annulaire libéré, l'améthyste emprisonnée dans le platine.

— Sais-tu que les anciens prêtaient à l'améthyste la propriété de guérir l'ivresse ?

— J'en aurai donc grand besoin, dit Rinri redevenu très amoureux.

Quelques heures plus tard, il s'endormit et je commençai mon insomnie. Quand je repensais à la demande en mariage de Rinri, j'avais l'impression de revivre le moment où les tentacules du poulpe mort avaient attrapé ma langue. Cette saumâtre association d'idées ne devait rien à la quasi-simultanéité des deux épisodes. Je tentai de me rassurer en me disant que j'avais réussi à me débarrasser de l'étreinte des ventouses et à ajourner sine die le danger matrimonial.

Par ailleurs, il y avait eu l'affaire des kakis. Ève au jardin ne parvint pas à cueillir le fruit désiré. Le nouvel Adam avait appris la galanterie qui alla lui en quérir une pleine cargaison et la regarda manger avec attendrissement. La

209

nouvelle Ève, égoïste de son péché, ne lui en proposa pas même une bouchée.

J'aimais beaucoup ce *remake* qui me paraissait plus civilisé que le classique. Pourtant, la fin de l'histoire s'assombrissait d'une demande en mariage. Pourquoi fallait-il toujours que le plaisir se paie ? Et pourquoi le prix de la volupté était-il inévitablement la perte de la légèreté originelle ?

Après des heures de rumination sur ce grave sujet, je finis par trouver un peu de sommeil. Mon rêve fut prévisible : dans une église, un prêtre me mariait à un poulpe géant. Il me passait la bague au doigt et j'enfilais un anneau sur chaque tentacule. L'homme de Dieu disait :

– Vous pouvez embrasser la mariée.

Le poulpe prenait ma langue dans son orifice buccal et ne la lâchait plus.

LE lendemain, le car provincial nous ramena au débarcadère. Sur le bateau, en voyant s'éloigner l'île, Rinri dit :

– C'est triste de quitter Sado.

– Oui, répondis-je, à demi sincère.

Je regretterais les kakis.

Rinri posa sur moi des yeux humides et s'exclama :

– Ma fiancée de Sado !

Ça promettait.

À Niigata nous attendait la Mercedes qui nous reconduisit à Tokyo. Pendant le trajet, je me posai la question qui s'imposait : pourquoi n'avais-je pas dit non ? Je ne voulais pas épouser Rinri. D'ailleurs, de toute éternité l'idée du mariage me déplaisait. En ce cas, qu'est-ce qui m'avait empêchée de refuser ?

L'explication tenait à ce que j'aimais bien Rinri. Un refus eût équivalu à une rupture et je ne voulais pas rompre. Tant d'amitié, d'affection et de rire me liaient à ce garçon sentimental. Je n'avais pas envie de renoncer à sa compagnie charmante.

Je bénis l'inventeur des fiançailles. La vie est jalonnée d'épreuves solides comme la pierre ; une mécanique des fluides permet d'y circuler quand même. La Bible, ce superbe traité de morale à l'usage des cailloux, des rochers et des menhirs, nous enseigne d'admirables principes pétrifiés, « que Ton verbe soit oui ? oui, non ? non. Ce que l'on ajoute vient du Malin » – et ceux qui s'y tiennent sont ces êtres inentamables et d'un seul tenant, estimés de tous. À l'opposé, il y a des créatures incapables de ces comportements granitiques et qui, pour avancer, ne peuvent que se faufiler, s'infiltrer, contourner. Quand on demande si oui ou non elles veulent épouser untel, elles suggèrent des fiançailles, noces liquides. Les patriarches

pierreux voient en elles des traîtres ou des men-
teurs, alors qu'elles sont sincères à la manière
de l'eau. Si je suis eau, quel sens cela a-t-il de
te dire oui, je vais t'épouser ? Là serait le men-
songe. On ne retient pas l'eau. Oui, je t'irri-
guerai, je te prodiguerai ma richesse, je te
rafraîchirai, j'apaiserai ta soif, mais que sais-je
de ce que sera le cours de mon fleuve, tu ne
te baigneras jamais deux fois dans la même
fiancée.

Ces êtres fluides s'attirent le mépris des fou-
les quand leurs attitudes ondoyantes ont permis d'éviter tant de conflits. Les grands blocs
de pierre vertueux, sur lesquels personne ne
tarit d'éloges, sont à l'origine de toutes les guer-
res. Certes, avec Rinri il n'était pas question
de politique internationale, mais il m'avait fallu
affronter un choix entre deux risques énormes :
l'un s'appelait oui, qui a pour synonymes éternité, sûreté, solidité, stabilité et d'autres mots
qui gèlent l'eau d'effroi ; l'autre s'appelait non,
qui se traduit par la déchirure, le désespoir, et
moi qui croyais que tu m'aimais, disparais de
ma vue, tu semblais pourtant si heureuse

quand, et autres paroles définitives qui font bouillir l'eau d'indignation, car elles sont injustes et barbares.

Quel soulagement d'avoir trouvé la solution des fiançailles ! C'était une réponse liquide en ceci qu'elle ne résolvait rien et remettait le problème à plus tard. Mais gagner du temps est la grande affaire de la vie.

À Tokyo, par prudence, je ne parlai de ces fiançailles à personne.

Début janvier 1990, j'entrai dans l'une des sept immenses compagnies nippones qui, sous couleur de business, détenaient le véritable pouvoir japonais. Comme n'importe quel employé, je pensais y travailler une quarantaine d'années.

Dans mon traité de stupeur et de tremblements, j'ai raconté pourquoi j'eus peine à y rester jusqu'à la fin de mon contrat d'un an.

Ce fut une descente aux enfers d'une banalité extrême. Mon sort ne différa pas radicalement de celui de l'immense majorité des employées nippones. Il ne fut aggravé que par ma condition d'étrangère et par un certain génie personnel de la maladresse.

Le soir, je retrouvais Rinri et lui racontais ma journée. Aucune ne manquait de son lot d'humiliations. Rinri m'écoutait en souffrant davantage que ce que j'avais enduré et, quand j'avais fini mon récit, il secouait la tête et me demandait pardon au nom de son peuple.

Je lui assurais que ce dernier n'était pas en cause. Au sein de cette compagnie, je comptais de nombreux alliés de valeur. En définitive, mon martyre n'était l'œuvre que d'une seule personne, comme c'est souvent le cas dans le monde du travail. Certes, elle bénéficiait de précieux appuis, mais il eût suffi que son atti-tude change pour métamorphoser mon sort.

Je menais une double vie. Esclave le jour, fiancée la nuit. J'eusse pu y trouver mon compte si les nuits n'avaient été si courtes : je ne rejoignais pas Rinri avant vingt-deux heures, et à l'époque déjà, je me levais pour écrire à quatre heures du matin. Sans parler des quelques nuits que je passais dans l'entreprise, faute d'avoir achevé ma tâche.

Les week-ends disparaissaient dans un gouffre où ils ne laissaient aucun souvenir. Je me levais tard, mettais le linge sale dans la machine, écrivais, mettais le linge à sécher. Essorée par ces activités, je retombais sur le lit avec la fatigue de la semaine. Rinri voulait, comme auparavant, m'emmener faire toutes sortes de choses. Je n'en avais plus la force. Le maximum qu'il pouvait obtenir de moi consistait à aller au cinéma le samedi soir. Et il arriva que je m'y endormisse.

Rinri supportait avec bravoure cette fiancée exsangue. C'était moi qui ne la supportais pas. Au travail, je me comprenais. Je ne comprenais rien au zombie que j'étais devenue hors la compagnie.

Quand le métro me conduisait sur les lieux du supplice, je pensais à ma vie d'avant. Quelques mois à peine m'en séparaient. C'était difficile à croire. En si peu de temps, qu'était-il advenu de Zarathoustra ? Avais-je réellement affronté à jambes nues les cimes japonaises ?

Avais-je dansé avec le mont Fuji comme je me le rappelais ? Et m'étais-je tant amusée avec ce garçon qui à présent me regardait dormir ?

Si seulement j'avais pu me persuader que c'était une mauvaise passe ! Mais non, il y avait tout lieu de penser que je connaissais désormais le lot commun qui serait le mien pendant quarante années. Je m'en ouvris à Rinri qui se hâta de me dire :

– Ne travaille plus. Épouse-moi. Ce sera la fin de tes soucis.

Il y avait de quoi être tentée. Quitter ma bourrelle et bénéficier de l'aisance matérielle, jouir du farniente à perpétuité avec pour seule condition de vivre en compagnie d'un garçon charmant, qui eût hésité ?

Moi, sans que je puisse me l'expliquer, j'attendais autre chose. Je ne savais en quoi elle consisterait, mais j'étais sûre de l'espérer. Un désir est d'autant plus violent qu'on en ignore l'objet.

La part consciente de ce rêve était l'écriture qui m'occupait déjà tellement. Certes, je ne m'illusionnais pas au point de croire être publiée un jour, encore moins d'imaginer y trouver un moyen de subsistance. Mais je voulais absurdement tenter cette expérience, ne fût-ce que pour n'avoir jamais à regretter de ne pas l'avoir essayée.

Avant le Japon, je n'y avais jamais pensé sérieusement. Je redoutais trop l'humiliation que je ne manquerais pas de subir sous forme de lettres de refus éditoriales.

À présent, vu ce qu'était mon quotidien, aucune humiliation ne pouvait encore m'effrayer.

Tout cela n'en était pas moins très incertain. La voix de la raison me hurlait d'accepter ce mariage : « Non seulement tu seras riche sans travailler, mais en plus tu auras le meilleur des maris. Jamais tu n'as rencontré un garçon aussi gentil, drôle et intéressant. Il n'a que des qualités. Il t'aime et toi, tu l'aimes sans doute plus que tu ne le sais. Refuser d'épouser Rinri équivaudrait à se suicider. »

Je ne pouvais m'y résoudre. Le oui ne sortait pas de ma bouche. Comme sur l'île de Sado, je m'en tirais par des atermoiements.

La demande revenait souvent. La réponse était toujours aussi évasive. Mine de rien, je crevais de honte. J'avais l'impression de rendre malheureux tout le monde, à commencer par moi.

Au travail, c'était l'enfer. Avec Rinri, je recevais une douceur que je ne méritais pas. Parfois je pensais que mon calvaire professionnel était la juste punition de mon ingratitude amoureuse. Le Japon me reprenait le jour ce qu'il m'offrait la nuit. Cette histoire finirait mal.

Quelquefois, j'étais soulagée de partir au travail. Il m'arrivait de préférer la guerre déclarée à la fausse paix. Et je me préférais martyre involontaire que bourrelle de bonne volonté. J'ai toujours eu horreur du pouvoir, mais il m'est moins pénible de le subir que de l'imposer.

Les pires accidents de la vie sont langagiers. Un soir de semaine, après minuit, tandis que le sommeil m'emportait par le fond, Rinri me demanda en mariage pour la deux cent quarantième fois. Trop fatiguée pour être évasive, je répondis non et m'endormis aussitôt.

Au matin, près de mon écritoire, je découvris un mot du garçon : « Merci, je suis très heureux. »

J'en tirai des leçons d'une haute valeur morale : « Tu as rendu quelqu'un heureux en étant claire. Il faut oser dire non. Il n'y a rien de gentil à laisser de faux espoirs. L'ambiguïté est la source de la douleur, etc. »

J'allai au travail récolter ma dose quotidienne d'humiliation. Le soir, à la sortie, Rinri m'attendait.

— Je t'emmène au restaurant.

— Tu es sûr ? Je suis crevée.

— Ça ne durera pas longtemps.

Devant les bols de soupe aux fougères des montagnes, Rinri me dit que ses parents se réjouissaient de l'excellente nouvelle. J'éclatai de rire et répondis :

— Ça ne m'étonne pas.

— Surtout mon père.

— Ça m'étonne. J'aurais plutôt imaginé que ta mère serait enchantée.

– Pour une mère, c'est plus difficile de voir partir son fils.

Ce propos déclencha un vague signal d'alarme dans mon cerveau. Je ne doutais pas d'avoir dit non la veille, mais je n'étais plus certaine de la formulation de la question matrimoniale. Si Rinri avait interrogé de façon négative, ce qui est courant dans ce pays compliqué, j'étais cuite. Je tentai de me rappeler les règles grammaticales nippones de réponse aux questions négatives, ce qui est aussi complexe que de retenir les pas du tango. Ma cervelle épuisée n'en sortait pas et je résolus de tenter l'expérience. Je saisis la cruche de saké et demandai :

– Ne veux-tu pas encore du saké ?

– Non, répondit courtoisement le jeune homme.

Je reposai donc la cruche inutile. Rinri parut déconcerté mais, ne voulant pas me commander, prit la cruche et se servit.

Je cachai mon visage dans mes mains. J'avais compris. Il avait dû me demander : « Ne veux-tu toujours pas m'épouser ? » Et j'avais

répondu à l'occidentale. Après minuit, j'ai le
fâcheux défaut d'être aristotélicienne.

C'était affreux. Je me connaissais assez
pour savoir que je n'aurais pas la force de réta-
blir la vérité. Incapable d'être désagréable avec
quelqu'un de gentil, je me sacrifierais pour ne
pas le décevoir.

Je me demandai si Rinri avait fait exprès
de me poser la question de façon négative. Je
ne le crus pas. Mais je ne doutai pas que son
inconscient lui ait dicté ce plan machiavélique.

Donc, au nom d'un malentendu linguistique, j'allais épouser un garçon charmant, doté
d'un inconscient pervers. Comment me tirer
de ce guêpier ?

– J'ai prévenu tes parents, ajouta-t-il. Ils ont
hurlé de joie.

Évidemment. Mon père et ma mère étaient
coiffés de ce jeune homme.

– N'aurait-il pas mieux fallu que je les aver-
tisse moi-même ? demandai-je, bien décidée à
ne plus poser que des questions négatives.

Rinri contourna l'écueil.

– Je sais. Mais tu travailles et je suis encore

222

étudiant. J'ai pensé que tu n'en aurais pas le temps. M'en veux-tu ?

— Non, répondis-je, désolée qu'il ne pose pas la question de façon négative, ce qui m'eût permis, sous couleur de différence culturelle, de lui dire ma façon de penser.

« Au point où j'en suis ! » conclus-je.

— Quelle date préférerais-tu ? demanda-t-il.

Il ne manquait plus que ça.

— Ne décidons pas tout en si peu de temps, répondis-je. De toute façon, aussi longtemps que je travaille chez Yumimoto, c'est impossible.

— Je comprends. Quand se termine ton contrat ?

— Début janvier.

Rinri finit sa soupe et déclara :

— 1991, donc. Ce sera une année palindrome. Bon millésime pour se marier.

L'ANNÉE 1990 s'acheva dans la confusion la plus totale.

Une seule chose était claire : je démissionnais. La compagnie Yumimoto devrait bientôt se passer de mes précieux services.

J'aurais tellement voulu démissionner aussi de mon mariage. Par malheur, Rinri était de plus en plus désarmant de gentillesse.

Une nuit, j'entendis une voix intérieure me dire : « Rappelle-toi la leçon du Kumotori Yama. Quand Yamamba te gardait prisonnière, tu as trouvé la solution : la fuite. Tu n'arrives pas à te sauver par la parole ? Sauve-toi par les jambes. »

Lorsqu'il s'agit de fuir un pays, les jambes prennent la forme d'un avion : en douce, j'achetai un billet Tokyo-Bruxelles. Un aller simple.

– L'aller-retour est moins cher, dit la vendeuse.

– Un aller simple, insistai-je.

La liberté n'a pas de prix.

C'était cette époque pas si lointaine où le ticket électronique n'existait pas : le billet d'avion, cartonné, plastifié, avait une réalité palpable au fond du sac ou de la poche où la main allait se rassurer trente fois par jour. L'inconvénient était que, si on le perdait, obtenir un duplicata relevait du miracle. Mais il n'y avait aucun risque que je perde ce symbole de ma liberté.

Sa famille étant à Nagoya, je passai avec Rinri, dans le château de béton, les trois jours du nouvel an qui sont les seuls, au Japon, où il soit vraiment interdit de travailler. Cela va jusqu'à une interdiction de cuisiner : sa mère avait rempli les traditionnelles boîtes de laque des mets froids attribués par l'usage à ces trois jours chômés – nouilles de sarrasin, haricots sucrés, gâteaux de riz et autres bizarreries qui plaisaient plus aux yeux qu'à la bouche.

– Ne te sens pas obligée de manger ça, disait Rinri qui, sans vergogne, se faisait cuire des spaghettis.

Je ne me sentais pas obligée : ce n'était pas très bon, mais j'étais fascinée par l'éclat des haricots luisants de sucre qui se réfléchissaient dans le noir profond de la laque. Je les attrapais un par un avec les baguettes, en gardant la boîte carrée à hauteur d'œil, afin de ne pas perdre une miette du spectacle.

À la faveur du billet d'avion caché, ces journées furent un délice. Je regardais le jeune homme avec une curiosité bienveillante : c'était donc lui, ce garçon avec qui j'avais été heureuse deux années de suite et que je m'apprêtais à fuir. Quelle histoire singulière, quel gâchis absurde – n'avait-il pas pourtant la plus belle nuque qui se pût concevoir, les manières les plus exquises, n'étais-je pas réellement bien en sa compagnie, à la fois intriguée et à mon aise, ce qui devait représenter un idéal de vie commune ?

N'appartenait-il pas à ce pays que j'aimais entre tous ? N'était-il pas l'unique preuve que l'île adorée ne me rejetait pas ? Ne m'offrait-il pas le moyen le plus simple et le plus légal d'acquérir la nationalité fabuleuse ?

Enfin, n'éprouvais-je pas à son endroit un sentiment véritable ? Oui, bien sûr. Je l'aimais beaucoup et ce beaucoup, de ma part, était neuf. C'était pourtant la présence d'un adverbe dans cet énoncé qui me convainquait de l'urgence de partir.

Il suffisait que, dans ma tête, je crée la fiction de détruire le billet d'avion et ma tendre amitié pour Rinri se transformait en effroi hostile. Il suffisait au contraire que je palpe son papier glacé dans mon sac pour sentir déferler en mon cœur un mélange de jubilation et de culpabilité qui ressemblait à l'amour sans en être, comme la musique sacrée contamine l'âme d'un élan qui ressemble à la foi sans en être.

Parfois il me prenait dans ses bras sans rien dire. Je ne souhaite pas à mon pire ennemi de ressentir ce que je ressentais alors. Et il n'y avait jamais de moments où Rinri avait un comportement bas, vulgaire ou petit. De tels instants m'eussent aidée.

– Au fond, il n'y a pas de mal en toi, lui dis-je.

Il se tut avec étonnement et finit par me demander si c'était une question. Cela me parut une réponse édifiante.

J'avais touché juste : c'était parce qu'il n'y avait pas de mal en lui que je l'aimais beaucoup. C'était à cause de son étrangeté au mal que je n'avais pas d'amour pour lui. Pourtant, le mal ne me plaît pas. Mais un plat n'est sublime que s'il contient une touche de vinaigre. La *Neuvième* de Beethoven serait insoutenable aux oreilles si elle ne comportait des hésitations désespérées. Jésus n'inspirerait pas tant les hommes s'il ne proférait parfois des paroles si proches de la haine.

Cette pensée m'en rappela une autre :

– Es-tu toujours le samouraï Jésus ?

Rinri me répondit avec une ingénuité formidable :

– Ah oui. Je n'y pensais plus.

– L'es-tu ou ne l'es-tu pas ?

– Oui, dit-il, comme il eût déclaré qu'il était étudiant.

– En as-tu des signes ?

Il haussa les épaules de sa façon coutumière et enchaîna :

– Je suis en train de lire un livre sur Ramsès II. Ça me passionne, cette civilisation. J'ai envie de devenir égyptien.

Je compris à quel point il était japonais : il avait cette curiosité sincère et profonde pour tous les phénomènes culturels étrangers. C'est ainsi que l'on trouve des Nippons spécialistes de la langue bretonne du XIIe siècle et du motif du tabac à priser dans la peinture flamande. Dans les vocations successives de Rinri, j'avais tort de voir une identification : il s'intéressait aux autres, voilà tout.

Le 9 janvier 1991, j'annonçai au fiancé que je partais à Bruxelles le lendemain. Je dis cela aussi légèrement que si j'avais parlé d'aller acheter le journal.

— Que vas-tu faire en Belgique ? demanda Rinri.

— Voir ma sœur et quelques connaissances.

— Quand reviens-tu ?

— Je ne sais pas. Bientôt.

— Veux-tu que je te conduises à l'aéroport ?

— Tu es gentil. Je me débrouillerai.

Il insista. Le 10 janvier, pour la dernière fois, la Mercedes blanche m'attendit devant chez moi.

— Quelle valise énorme et lourde ! dit le garçon en la mettant dans le coffre.

— Des cadeaux, commentai-je.

Je transportais toutes mes affaires.

À Narita, je lui demandai de partir aussitôt.

— J'ai horreur des au revoir dans les aéroports.

Il m'embrassa et s'en alla. Dès qu'il eut disparu, ma gorge se dénoua, mon cœur se dilata et mon chagrin laissa place à une joie extraordinaire.

Je ris. Je me traitai de tous les noms, je

m'adressai toutes les insultes que je méritais, mais cela ne m'empêcha pas de rire de soulagement.

Je savais que j'aurais dû être triste, honteuse, etc. Je n'y parvenais pas.

À l'enregistrement, je demandai une place près du hublot.

Il existe une joie plus grande que celle des aéroports : celle que l'on éprouve en s'installant dans un avion. Cette joie culmine quand l'avion décolle et que l'on a une place près du hublot.

Pourtant, j'étais sincèrement désespérée de quitter mon pays préféré et de partir en de telles conditions : il faut croire que, chez moi, la peur du mariage l'emporte sur tout. J'exultais. Les ailes de l'avion étaient miennes.

Le pilote fit sûrement exprès de survoler le mont Fuji. Qu'il était beau, vu du ciel ! Je lui adressai ce discours mental :

« Vieux frère, je t'aime. Je ne te trahis pas en partant. Il peut arriver que fuir soit un acte d'amour. Pour aimer, j'ai besoin d'être libre. Je pars pour préserver la beauté de ce que j'éprouve pour toi. Ne change pas. »

Bientôt, il n'y eut plus de Japon à voir par le hublot. Là encore, le déchirement n'anéantit pas mon ivresse. Les ailes de l'avion prolongeaient mon corps. Que pouvait-il y avoir de mieux que d'être pourvu d'ailes. Quel nom de ville arrivait à la cheville de Las Vegas ? Absurdement, c'était la ville où le mariage était le plus facile au monde, quand Reno était celle du divorce. L'inverse m'eût paru plus justifié : les ailes, cela sert à s'enfuir.

Il paraît qu'il est peu glorieux de fuir. Dommage, c'est tellement agréable. La fuite donne la plus formidable sensation de liberté qui se puisse éprouver. On se sent plus libre en fuyant que si l'on n'a rien à fuir. Le fuyard a les muscles des jambes en transe, la peau frémissante, les narines palpitantes, les yeux agrandis.

Le concept de liberté est un sujet rebattu dont les premiers mots me font bâiller. L'expérience physique de la liberté, c'est autre chose. On devrait toujours avoir quelque chose à fuir, pour cultiver en soi cette possibilité merveilleuse. D'ailleurs, on a toujours quelque chose à fuir. Ne serait-ce que soi-même.

La bonne nouvelle, c'est que l'on peut échapper à soi-même. Ce que l'on fuit de soi, c'est la petite prison que la sédentarité installe n'importe où. On prend ses cliques et ses claques et on s'en va : le moi est tellement étonné qu'il oublie de jouer les geôliers. On peut se semer comme on sèmerait des poursuivants.

Par la fenêtre, la Sibérie interminable, toute blanche d'hiver, prison idéale pour cause d'immensité. Ceux qui s'évadent meurent perdus dans un excès d'espace. C'est le paradoxe de l'infini : on pressent une liberté qui n'y existe pas. C'est une prison si grande qu'on n'en sort jamais. Vu d'avion, c'est facile à comprendre.

Le Zarathoustra que je contiens se surprit à penser qu'à pied, j'aurais laissé des traces dans la neige, on m'aurait pistée. Les ailes, une sacrée trouvaille.

Peu glorieuse, la fuite ? C'est pourtant mieux que de se laisser attraper. Le seul déshonneur, c'est de ne pas être libre.

Chaque passager a reçu des écouteurs. Je passe en revue les divers programmes musicaux, m'émerveillant que d'aucuns puissent voyager au son de tels décibels. Soudain, je tombe sur la *Rhapsodie hongroise* de Liszt : mon tout premier souvenir en matière de musique. J'ai deux ans et demi, je suis dans le salon de Shukugawa, Maman me dit solennellement : « C'est la *Rhapsodie hongroise*. » J'écoute comme si c'était une histoire. C'en est une. Des méchants poursuivent les gentils qui s'enfuient à cheval. Les méchants aussi sont des cavaliers. C'est à qui galopera le plus vite. Parfois la musique dit que les bons sont sauvés, mais ils se trompent, les méchants ont des fourberies pour leur suggérer qu'ils sont hors d'atteinte, c'est pour mieux les capturer. Ça y est, les gentils ont compris la ruse, mais il est bien tard, échapperont-ils au danger ? Ils galopent à perdre haleine, ils ne font qu'un avec leur monture, la course les épuise autant que les chevaux, je suis de leur côté, je ne sais pas si je suis gentille ou méchante, mais je suis forcément du côté des fuyards, j'ai l'âme du gibier, mon cœur bat comme un fou, oh, un précipice, les chevaux franchiront-ils un tel abîme, il faudra bien, c'est ça ou tomber entre leurs mains, j'écoute, les yeux écarquillés par la peur, les chevaux bondissent et parviennent tout juste sur l'autre bord, sauvés, les méchants ne sautent pas, ils sont moins courageux parce qu'ils n'ont rien à fuir, le désir d'attraper est moins violent que la peur d'être attrapé, voici pourquoi la *Rhapsodie hongroise* de Liszt se termine sur un triomphe.

Je baptise l'avion Pégase. La musique de Liszt a multiplié ma joie par mille. J'ai vingt-trois ans et je n'ai encore rien trouvé de ce que je cherchais. C'est pour ça que la vie me plaît. Il est bon, à vingt-trois ans, de ne pas avoir découvert son chemin.

Le 11 janvier 1991, j'atterris à l'aéroport de Zaventem. Je bondis dans les bras de Juliette qui m'attendait. Après avoir henni, aboyé, rugi, blatéré, barri, hululé et glapi tout notre saoul, ma sœur me demanda :

– Tu ne vas plus repartir, n'est-ce pas ?

– Je reste ! dis-je pour couper court aux ambiguïtés des questions négatives.

Juliette me conduisit chez nous, à Bruxelles. C'était donc ça, la Belgique. Je m'attendrissais sur ce ciel gris et bas, sur la proximité des lieux, sur les vieilles serrées dans leur paletot avec leur sacoche, sur les trams.

– Et Rinri, il va venir ? demanda Juliette.

– Je ne pense pas, répondis-je évasivement.

Elle eut le bon goût de ne pas insister.

Notre vie à deux reprit comme avant 1989. Vivre avec sa sœur, c'était bien. La Sécurité sociale belge avait officialisé cette union en me donnant le statut authentique de ménagère : sur mes papiers, il était inscrit : « Ménagère de Juliette Nothomb ». Ça ne s'invente pas. Je prenais mon métier très au sérieux et lavais le linge de ma sœur.

Le 14 janvier 1991, je commençai à écrire un roman qui s'intitulait *Hygiène de l'assassin*. Le matin, Juliette partait au travail en disant : « Salut, ménagère ! » J'écrivais très longtemps, puis pendais le linge que j'avais oublié dans la machine. Le soir, Juliette rentrait et gratifiait sa ménagère d'une accolade.

Au Japon, j'avais mis de côté une partie de mon salaire que j'avais rapatrié. Je calculai qu'avec mes économies, je pouvais tenir deux années en vivant très petitement. Si, au terme de ces deux années, je n'avais pas trouvé d'éditeur, il serait toujours temps de chercher une solution, me disais-je avec désinvolture. J'aimais cette existence. Le contraste avec mon labeur dans l'entreprise nippone la rendait idyllique.

Parfois, le téléphone sonnait. Je n'en revenais pas de tomber sur la voix de Rinri. Je ne pensais jamais à lui et ne voyais aucun lien entre ma vie au Japon et ma vie en Belgique : qu'il pût y avoir un échange téléphonique entre les deux me paraissait aussi étrange qu'un voyage dans le temps. Le garçon s'étonnait de ma stupéfaction.

– Que fais-tu ? me demandait-il.

– J'écris.

– Reviens. Tu écriras ici.

– Je suis aussi la ménagère de Juliette. Je nettoie ses affaires.

– Comment s'en sortait-elle sans toi ?

– Mal.

– Emmène-la avec toi.

– Très bien. Tu nous épouseras toutes les deux.

Il riait. Je ne plaisantais pas, pourtant. C'eût été pour moi l'unique condition qui eût pu me faire accepter ce mariage.

Il finissait en disant :

– J'espère que tu ne vas plus tarder. Tu me manques.

Et puis il raccrochait. Jamais de reproche. Il était gentil. J'avais un peu mauvaise conscience, mais cela passait vite.

Peu à peu, les coups de téléphone s'espacèrent jusqu'à cesser. Me fut épargné cet épisode

sinistre entre tous, barbare et mensonger, qui
s'appelle la rupture. Sauf en cas de crime ignoble, je ne comprends pas qu'on rompe. Dire à
quelqu'un que c'est terminé, c'est laid et faux.
Ce n'est jamais terminé. Même quand on ne
pense plus à quelqu'un, comment douter de sa
présence en soi ? Un être qui a compté compte
toujours.

S'agissant de Rinri, c'eût été particulière-
ment méchant de ma part : « Voilà, tu m'as fait
un bien considérable, tu es le premier homme
qui m'a rendue heureuse, je n'ai rien à te repro-
cher, je n'ai que d'excellents souvenirs avec toi,
mais je n'ai plus envie d'être avec toi. » Je m'en
serais voulu de lui dire une telle infamie. Cela
eût sali cette belle histoire.

Je rends grâce à Rinri d'avoir eu cette classe :
il a compris le message sans que j'aie eu à le
lui dire. Ainsi, il m'a été donné de vivre une
liaison parfaite.

Un jour, le téléphone sonna. C'était Francis
Esménard, les Éditions Albin Michel. Il
m'annonçait qu'il publierait *Hygiène de l'assas-*

sin, le 1ᵉʳ septembre 1992, à Paris. Une nouvelle vie commençait.

Début 1996, mon père m'appela de Tokyo :
– Nous avons reçu un faire-part de Rinri. Il
se marie.
– Ça alors !
– Il épouse une Française.
Je souris. Toujours cet attrait pour la langue
de Voltaire.
En décembre 1996, mon éditeur japonais
m'invita à Tokyo pour la publication en langue
nippone d'*Hygiène de l'assassin*.
Dans l'avion Bruxelles-Tokyo, je me sentais
bizarre. Cela faisait près de six ans que je n'avais
plus vu le pays adoré d'où je m'étais enfuie.
Entre-temps, il m'était arrivé tellement de choses. Le 10 janvier 1991, j'étais une dame-pipi
qui venait de rendre son tablier. Le 9 décembre
1996, j'étais un écrivain qui venait répondre
aux questions des journalistes. À un stade
pareil, ce n'était plus de l'ascension sociale,
c'était du trafic d'identité.

Le pilote devait avoir reçu des instructions : on ne survola pas le mont Fuji. À Tokyo, je ne reconnus pas grand-chose. La ville n'avait guère changé, mais elle n'était plus mon terrain d'expérimentation. Une voiture officielle me conduisait en des lieux où des journalistes me parlaient avec égard et me posaient des questions sérieuses. J'y répondais légèrement et j'étais gênée de les voir tout noter avec respect. J'avais envie de leur dire : « Enfin, c'était pour rire ! »

L'éditeur japonais organisa un cocktail pour le lancement du livre. Il y eut beaucoup d'invités. Le 13 décembre 1996, dans cette foule, je vis un visage que je n'avais plus revu depuis le 9 janvier 1991. Je courus vers lui en disant son nom. Il dit le mien. Je tombai en arrêt. J'avais quitté un garçon de soixante kilos, je retrouvais un jeune homme de quatre-vingt-dix kilos. Il sourit et déclara :

– J'ai grossi, n'est-ce pas ?

– Que s'est-il passé ?

Je me mordis les lèvres pour avoir posé cette stupide question. Il eût pu me répondre : « Tu es partie. » Il eut l'élégance de s'abstenir et se contenta de ce haussement d'épaules qui lui était particulier.

– Tu n'as pas changé, dis-je en souriant.

– Toi non plus.

J'avais vingt-neuf ans, il en avait vingt-huit.

– Il paraît que tu as épousé une Française, dis-je encore.

Il acquiesça et l'excusa : elle n'avait pu l'accompagner.

– C'est la fille d'un général, ajouta-t-il.

J'éclatai de rire à cette nouvelle excentricité.

– Sacré Rinri !

– Sacré moi.

Il me demanda de lui dédicacer son exemplaire d'*Hygiène de l'assassin*. Je n'ai aucune idée de ce que j'inscrivis.

D'autres personnes attendaient leur dédicace. Il fallait prendre congé. Alors il se passa une chose terrifiante.

Rinri me dit simplement :

– Je veux te donner l'étreinte fraternelle du samouraï.

Ces mots eurent sur moi un pouvoir atroce. Moi qui avais tant de joie à revoir ce garçon, je fus soudain submergée d'une émotion insupportable. Je me jetai dans ses bras pour cacher les larmes qui montaient. Il me serra, je le serrai.

Il avait trouvé les mots justes. Il avait mis plus de sept ans à les trouver, mais il n'était pas trop tard. Quand il me parlait d'amour, je m'en fichais parce que ce n'était pas le mot juste. Mais là, il venait de dire ce que j'avais vécu avec lui, je venais de le comprendre. Et quand on me dit le mot juste, je deviens enfin capable de ressentir.

Et pendant cette étreinte qui dura dix secondes, j'éprouvai tout ce que j'aurais dû éprouver pendant toutes ces années.

Et ce fut affreusement fort, sept années d'émotion vécues en dix secondes. C'était donc cela, Rinri et moi : l'étreinte fraternelle du samouraï. Tellement plus beau et plus noble qu'une bête histoire d'amour.

Ensuite, chaque samouraï lâcha le corps de

l'autre samouraï. Rinri eut le bon goût de partir aussitôt sans se retourner.

Je levai la tête vers le ciel afin que mes yeux ravalent leurs larmes.

J'étais le samouraï qui devait dédicacer pour la personne suivante.

Achevé d'imprimer
en avril 2008
par Printer Industria Gráfica
pour le compte de France Loisirs, Paris

Numéro d'éditeur : 51391
Dépôt légal : mai 2008

Imprimé en Espagne